CHINESE MADE EASY

4 Textbook

Traditional Characters Version

輕鬆學漢語（課本）

Yamin Ma
Xinying Li

Joint Publishing (H.K.) Co., Ltd.
三聯書店（香港）有限公司

Chinese Made Easy (*Textbook 4*)

Yamin Ma, Xinying Li

Editor   Luo Fang
Art design   Arthur Y. Wang, Yamin Ma, Xinying Li
Cover design   Arthur Y. Wang, Zhong Wenjun
Graphic design   Zhong Wenjun
Typeset   Zhou Min, Zhong Wenjun

Published by
JOINT PUBLISHING (H.K.) CO., LTD.
20/F., North Point Industrial Building,
499 King's Road, North Point, Hong Kong

Distributed in Hong Kong by
SUP PUBLISHING LOGISTICS (HK) LTD.
3/F., 36 Ting Lai Road, Tai Po, N.T., Hong Kong

First published August 2003
Second edition, first impression, November 2006
Second edition, fifth impression, September 2016

Copyright ©2003, 2006 Joint Publishing (H.K.) Co., Ltd.

You can contact us via the following:
Tel: (852) 2523 0105, (86) 755 8343 2532
Fax: (852) 2845 5249, (86) 755 8343 2527
Email: publish@jointpublishing.com
http://www.jointpublishing.com/

輕鬆學漢語 （課本四）

編　著　馬亞敏　李欣穎

責任編輯　羅　芳
美術策劃　王　宇　馬亞敏　李欣穎
封面設計　王　宇　鍾文君
版式設計　鍾文君
排　版　周　敏　鍾文君

出　版　三聯書店（香港）有限公司
　　　　　香港北角英皇道499號北角工業大廈20樓
香港發行　香港聯合書刊物流有限公司
　　　　　香港新界大埔汀麗路36號3字樓
印　刷　中華商務彩色印刷有限公司
　　　　　香港新界大埔汀麗路36號14字樓
版　次　2003年8月香港第一版第一次印刷
　　　　　2006年11月香港第二版第一次印刷
　　　　　2016年9月香港第二版第五次印刷
規　格　大16開（210 x 280mm）112面
國際書號　ISBN 978-962-04-2600-1

©2003，2006 三聯書店（香港）有限公司

Authors' acknowledgments

We are grateful to all the following people who have helped us to put the books into publication:

- Our publisher, 李昕、陳翠玲 and our editor, 羅芳 who trusted our ability and expertise in the field of Mandarin teaching and learning, and supported us during the period of publication
- Mrs. Marion John who edited our English and has been a great support in our endeavour to write our own textbooks
- 吳穎 、沈志華 who edited our Chinese
- Arthur Y. Wang, Annie Wang, 于霆、龔華偉、萬瓊 for their creativity, skill and hard work in the design of art pieces. Without Arthur Y. Wang's guidance and artistic insight, the books would not have been so beautiful and attractive
- Arthur Y. Wang and 李昕 who provided the fabulous photos
- 劉春曉 and Tony Zhang who assisted the authors with the sound recording
- Our family members who have always supported and encouraged us to pursue our research and work on this series. Without their continual and generous support, we would not have had the energy and time to accomplish this project

INTRODUCTION

■ The series of *Chinese Made Easy* consists of 5 books, designed to emphasize the development of communication skills in listening, speaking, reading and writing. The primary goal of this series is to help the learners use Chinese to exchange information and to communicate their ideas. The unique characteristic of this series is the use of the Communicative Approach adopted in teaching Chinese as a foreign language. This approach also takes into account the differences between Chinese and Romance languages, in that the written characters in Chinese are independent of their pronunciation.

■ The whole series is a two-level course: level 1 – Book 1, 2 and 3; and level 2 – Book 4 and 5. All the textbooks are in colour and the accompanying workbooks and teacher's books are in black and white.

COURSE DESIGN

■ The textbook covers texts and grammar with particular emphasis on listening and speaking. The style of texts varies according to the content. Grammatical rules are explained in note form, followed by practice exercises. There are several listening and speaking exercises for each lesson.

■ The textbook plays an important role in helping students develop oral communication skills through oral tasks, such as dialogues, questions and answers, interviews, surveys, oral presentations, etc. At the same time, the teaching of characters and character formation are also incorporated into the lessons. Vocabulary in earlier books will appear again in later books to reinforce memory.

■ The workbook contains extensive reading materials and varied exercises to support the textbook.

■ The teacher's book provides keys to the exercises in both textbook and workbook, and it also gives suggestions, such as how to make a good use of the exercises and activities in order to maximize the learning. In the teacher's book, there is a set of tests for each unit, testing four language skills: listening, speaking, reading and writing.

Level 1:

■ Book 1 includes approximately 250 new characters, and Book 2 and Book 3 contain approximately 300 new characters each. There are 5 units in each textbook, and 3-5 lessons in each unit. Each lesson introduces 20-25 new characters.

■ In order to establish a solid foundation for character learning, the primary focus for Book 1 is the teaching of radicals (unit 1), character writing and character formation. Simple characters are introduced through short rhymes in unit 2 to unit 5.

■ Book 2 and 3 continue the development of communication skills, as well as introducing China, its culture and customs through three pieces of simple texts in each unit.

■ To ensure a smooth transition, some pinyin is removed in Book 2 and a lesser amount of pinyin in later books. We believe that the students at this stage still need the support of pinyin when doing oral practice.

Level 2:

■ Book 4 and 5 each includes approximately 350 new characters. There are 4 units in the textbook and 3 lessons in each unit. Each lesson introduces about 30 new characters.

■ The topics covered in Book 4 and 5 are contemporary in nature, and are interesting and relevant to the students' experience.

■ The listening and speaking exercises in Book 4 and 5 take various forms, and are carefully designed to reflect the real Chinese speaking world. The students are provided with various speaking opportunities to use the language in real situations.

- Reading texts in various formats and of graded difficulty levels are provided in the workbook, in order to reinforce the learning of vocabulary, grammar and sentence structure.

- Dictionary skills are taught in Book 4, as we believe that the students at this stage should be able to use the dictionary to extend their learning skills and become independent learners of Chinese.

- Pinyin is only present in vocabulary list in Book 4 and 5. We believe that the students at this stage are able to pronounce the characters without the support of pinyin.

- Writing skills are reinforced in Book 4 and 5. The writing task usually follows a reading text, so that the text will serve as a model for the students' own reproduction of the language.

- Extensive reading materials with an international flavour is included in the workbook. Students are exposed to Chinese language, culture and traditions through authentic texts.

COURSE LENGTH

- Books 1, 2 and 3 each covers approximately 100 hours of class time, and Books 4 and 5 might need more time, depending on how the book is used and the ability of students. Workbooks contain extensive exercises for both class and independent learning. The five books are continuous and ongoing, so they can be taught within any time span.

HOW TO USE THIS BOOK

Here are a few suggestions from the authors:

- Some new words are usually included in listening comprehension exercises to challenge the students. We suggest that the teacher go over the questions for the exercises with the students before they actually listen to the recording.

- Before practising the oral exercises in the textbook, the teacher should introduce the suggested vocabulary or phrases.

- The teacher should encourage the students to use their dictionary skills whenever appropriate, so that the students can extend their reading skills independently.

- The students are encouraged to research information on the internet and use other resources for their essay writing. The word limit for each piece of essay writing is to be decided by the teacher or the students according to their ability and level.

- The text for each lesson, listening comprehension exercises and reading texts are on the CDs attached to the textbook. The symbol indicates the track number, for example, ⓒⅅⅠ T1 is Disc 1, Track 1.

Yamin Ma

August, 2006 in Hong Kong

CONTENTS _____ 目 錄

第一單元　中國概況

第二單元　旅遊

第三單元　家居生活

第四單元　社區

附　錄

第一單元　中國概況

第一課　中國的地理環境

CD1 T1

　　中國的全稱叫中華人民共和國，是世界上第三大國，面積有960萬平方公里。中國的人口超過12億，是世界上人口最多的國家。中國是一個多民族的國家，有56個民族，其中漢族人口最多，佔全國人口的94%，少數民族人口佔6%。

　　中國劃分為23個省，5個自治區，4個直轄市及2個特別行政區。5個自治區分別是西藏、新疆、廣西、內蒙古和寧夏。4個直轄市分別是北京、上海、天津和重慶，其中北京是中國的首都，也是中國的政治、經濟和文化中心；上海是中國第一大城市，是中國的工業、金融和商業中心。香港和澳門是中國的2個特別行政區。

　　中國的東南沿海有許多島嶼，其中最大的是臺灣島和海南島。

1

根據課文判斷正誤：

- ☐ 1) 中國的面積有 9,600,000 平方公里。
- ☐ 2) 中國有 56 個少數民族。
- ☐ 3) 上海是中國的一個省。
- ☐ 4) 天津是中國最大的城市。
- ☐ 5) 香港是一個特別行政區。

生詞：

1 chēng 稱（称）call; weigh　quán chēng 全稱 full name

2 huá 華（华）splendour; China
zhōng huá rén mín gòng hé guó
中華人民共和國
The People's Republic of China

3 jī 積（积）accumulate　miàn jī 面積 area

4 píng fāng 平方 square

5 gōng lǐ 公里 kilometer

6 chāo guò 超過 surpass; exceed

7 yì 億（亿）a hundred million

8 zú 族 race; nationality
mín zú
民族 nationality; ethnic group
shǎo shù mín zú
少數民族 minority nationality

9 zhàn 佔（占）occupy; account for

10 huà 劃（划）differentiate; plan　huà fēn 劃分 divide

11 shěng 省 province

12 zì zhì qū 自治區 autonomous region

13 xiá 轄（辖）have jurisdiction over; govern
zhí xiá shì
直轄市 municipality directly under
the Central Government

14 xíng zhèng qū 行政區 administrative region

15 fēn bié 分別 respectively

16 zhèng zhì 政治 politics; political affairs

17 jì 濟（济）relieve; help　jīng jì 經濟 economy

18 zhōng xīn 中心 centre

19 gōng yè 工業 industry

20 róng 融 melt; circulation　jīn róng 金融 finance; banking

21 yán 沿 along　yán hǎi 沿海 coastal

22 dǎo 島（岛）island

23 yǔ 嶼（屿）small island; islet　dǎo yǔ 島嶼 islands and islets

專有名詞：

1 xī zàng 西藏 Tibet

2 xīn jiāng 新疆 Xinjiang

3 guǎng xī 廣西 Guangxi

4 nèi měng gǔ 內蒙古 Inner Mongolia

5 níng xià 寧夏 Ningxia

6 tiān jīn 天津 Tianjin

7 chóng qìng 重慶 Chongqing

8 hǎi nán dǎo 海南島 Hainan Island

1 CD1 T2 在適當的空格內打✓

1. 如果你去上海，你可以坐    。

2. 坐    不算貴，又快又方便。

3. 上、下班時坐  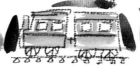 的人很多。

4. 現在馬路上的    比以前少多了。

2 回答下列問題(答案從方框裏找)

1. 世界上面積最大的國家是哪一個？

2. 面積第二大的國家是哪一個？

3. 世界上哪個國家的人口最多？

4. 除了中國以外，哪個國家的人口超過10億？

5. 全世界一共有多少人口？

6. 世界上最長的河流是哪一條？

7. 世界上最大的海洋是哪一個？

a. 印度
b. 加拿大
c. 俄羅斯
d. 美國
e. 大西洋
f. 太平洋
g. 尼羅河
h. 長江
i. 中國
j. 60億
k. 40億

注釋：查字典(1)

　　通過漢語拼音查中文字典跟查英文字典是一樣的，也是按照英文26個字母的順序來查的。不同的是中文有四個聲調和一個輕聲，排列順序是：第一聲 "ˉ"、第二聲 "ˊ"、第三聲 "ˇ"、第四聲 "ˋ"，輕聲字在最後。如果要查 "例子" 這個詞，先查到 "例"，然後找到 "例子" 的英文意思是 example; case; instance。

3 查字典，並填寫意思

1 選擇＿＿＿＿＿＿＿

2 正確＿＿＿＿＿＿＿

3 答案＿＿＿＿＿＿＿

4 填充＿＿＿＿＿＿＿

5 空格＿＿＿＿＿＿＿

6 作文＿＿＿＿＿＿＿

7 寫作＿＿＿＿＿＿＿

8 便條＿＿＿＿＿＿＿

9 適當＿＿＿＿＿＿＿

10 內容＿＿＿＿＿＿＿

11 必須＿＿＿＿＿＿＿

12 下列＿＿＿＿＿＿＿

13 問題＿＿＿＿＿＿＿

4 查字典，並翻譯下列句子

1. 選擇正確答案。

2. 把答案填在空格內。

3. 用中文回答問題。

4. 寫一張便條。

5. 在適當的空格內打✓。

6. 作文內容必須包括……

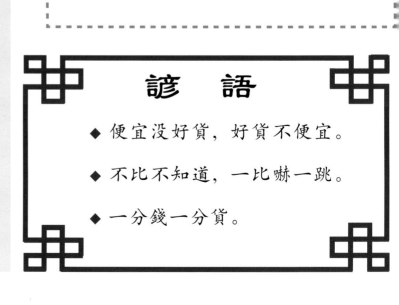

諺　語

◆ 便宜沒好貨，好貨不便宜。

◆ 不比不知道，一比嚇一跳。

◆ 一分錢一分貨。

5 [CD1 T3] 在適當的空格內打 ✓

1. 中國的主要河流有

長江	黑龍江	珠江	黃河

。

2. 長江是世界上第

二	三	一

大河。

3. 長江全長

6,300	6,400	3,600

多公里。

4. 長江在

北京	上海	廣州

流入東海。

5. 黃河流經中國北部的

6	9	7

個省。

6. 珠江在中國的

西	南	北

部。

6 根據你自己的情況回答下列問題

1. 你今年多大了？上幾年級？

2. 你是哪國人？你是在哪兒出生的？

3. 你爸爸是在哪兒出生的？你媽媽是在哪兒出生的？

4. 你去過世界上哪些國家？

5. 你最喜歡哪個國家？為什麼？

6. 你的家人中誰會說漢語？

7. 你爸爸學過漢語嗎？

8. 你會說哪種語言和方言？

9. 你到過中國嗎？到過中國的哪些城市？

10. 你今後打算去哪些國家旅遊？

7 根據地圖回答下列問題

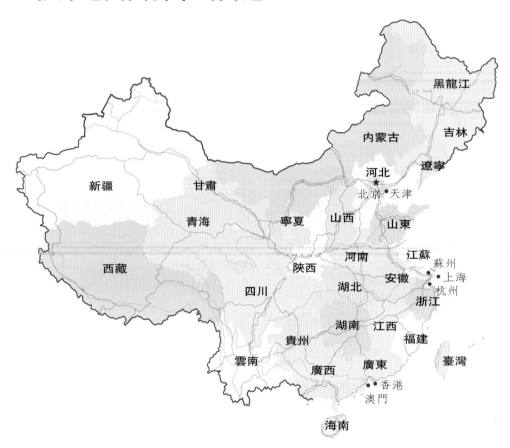

1. 中國最南端的省份叫什麼？

2. 中國的東北指的是哪三個省？

3. 中國的哪幾個省在東南沿海？

4. 蘇州在哪個省？

5. 杭州在哪個省？

6. 與福建相鄰的省份有哪幾個？

7. 北京和天津在哪個省內？

8 用 2–3 分鐘説一説你熟悉的國家，内容包括

▶ 地理位置

▶ 人口

▶ 語言

▶ 氣候

▶ 首都及主要城市

▶ 主要河流

閱讀(一) 折箭訓子

CD1 T4

古代南朝時期, 一位少數民族首領有二十個兒子。有一天, 這位父親對他的兒子們說: "你們每個人給我拿一支箭來。" 箭拿來以後, 父親把箭一支支折斷並扔到了地上。然後, 他又叫每個兒子再拿一支箭給他。他把其中一支箭拿給他弟弟, 並叫他把箭折斷。他弟弟一下子就把箭折爲兩段。首領又對他弟弟說: "你把剩下的19支箭一起折斷。" 可是他弟弟無論怎樣用力, 箭還是折不斷。首領指着這些箭對兒子們說: "你們明白了嗎? 一支箭是很容易被折斷的, 但一把箭就很難被折斷。可見只要大家一起努力, 我們的民族就會強大起來。"

生詞:

1. 箭 jiàn arrow
2. 訓 (训) xùn instruct
3. 南朝 nán cháo Southern Dynasties (420-589)
4. 時期 shí qī period
5. 首領 shǒu lǐng leader; head
6. 斷 (断) duàn break; snap
7. 扔 rēng throw; toss; cast
8. 段 duàn section; part
9. 剩 shèng surplus 剩下 shèng xia be left (over)
10. 論 (论) lùn dicuss; opinion; theory
11. 無論 wú lùn no matter what; regardless
12. 用力 yòng lì use one's strength
13. 可見 kě jiàn it is thus clear; it shows
14. 努 nǔ bulge
15. 努力 nǔ lì make a great effort
16. 強 (强) qiáng strong; powerful 強大 qiáng dà big and powerful

第二課　漢　語

　　漢語是漢民族的語言，是中國的官方語言，也是聯合國六種通用語言之一。除了中國大陸、臺灣、香港、澳門和新加坡以外，日語和韓語中也有漢字。目前中國大陸和新加坡使用簡體字，而臺灣、香港和澳門仍然使用繁體字。

　　漢字大約有四千年的歷史，是世界上最古老的文字之一。漢字的總數將近6萬個，但是常用字只有3,500個左右，也就是說，學會了這3,500個字就能看懂一般的中文報紙，也可以用中文寫文章了。

　　幾乎每個漢字都有意思，而漢語大多是以詞來表達意思的。詞可以由一個漢字表示，如人、口、手等，更多的是由兩個或兩個以上的字組成的，例如學生、圖書館、出租汽車等。

　　每個漢字都有自己的讀音，用漢語拼音來表示。漢語拼音有四個聲調，還有漢語中同音詞很多，所以正確的發音很重要。漢語的語法不算難，當你知道了一個句子裏每個詞的意思時，你也就知道這句話的大意了。

刻字甲骨

印章

8

根據課文判斷正誤：

- ☐ 1) 漢語是聯合國通用語言之一。
- ☐ 2) 中國大陸現在仍然用繁體字。
- ☐ 3) 日語中也用了一些漢字。
- ☐ 4) 學會了 3,500 個常用字還看不懂一般的報紙。
- ☐ 5) 漢字的讀音是用拼音來表示的。
- ☐ 6) 中文主要以單字來表達意思。

生詞：

1 guān 官 organ (a part of the body); official
guān fāng 官方 of the government; official

2 lián 聯（联）unite lián hé guó 聯合國 the United Nations

3 tōng yòng 通用 in common use; general

4 zhī yī 之一 one of

5 mù qián 目前 present; current

6 lù 陸（陆）land dà lù 大陸 continent

7 shǐ 使 make; cause; use shǐ yòng 使用 use

8 jiǎn 簡（简）simple; simplify
jiǎn tǐ zì 簡體字 simplified Chinese character

9 réng 仍 remain; still réng rán 仍然 still; yet

10 fán 繁 numerous; multiply
fán tǐ zì 繁體字 the original complex form of a simplified Chinese character

11 zǒng shù 總數 total

12 jiāng 將（将）be going to; will jiāng jìn 將近 close to; almost

13 cháng yòng 常用 in common use

14 dǒng 懂 understand; know

15 zhāng 章 chapter; section wén zhāng 文章 essay; article

16 jī hū 幾乎 almost

17 dá 達（达）reach; extend; express biǎo dá 表達 express

18 yóu 由 cause; by; through; via

19 shì 示 show biǎo shì 表示 show; indicate

20 zǔ 組（组）form; group zǔ chéng 組成 make up; compose
yóu zǔ chéng 由……組成 be composed of

21 lì 例 example lì rú 例如 for example

22 dú 讀（读）read; attend school
dú yīn 讀音 pronunciation

23 pīn 拼 piece together pīn yīn 拼音 spell; phonetics

24 diào 調（调）accent shēng diào 聲調 tone; note

25 tóng yīn cí 同音詞 homophone

26 què 確（确）true; authentic zhèng què 正確 correct; right

27 fā yīn 發音 pronounce; pronunciation

28 yǔ fǎ 語法 grammar

29 jù 句 sentence jù zi 句子 sentence

30 dà yì 大意 general idea; main point

1 繞口令

<table>
<tr><td>

(一)

小華學畫花，

小花學畫馬。

小華教小花學畫花，

小花教小華學畫馬。

</td><td>

(二)

白貓戴黑帽，

黑貓戴白帽。

白貓要戴黑貓的白帽，

黑貓要戴白貓的黑帽。

</td></tr>
</table>

2 CD1 T6

（一）請在拼音上標聲調

1. guan fang 官方　　fan guan 飯館
2. tong yong 通用　　tou tong 頭痛
3. jiang jin 將近　　dou jiang 豆漿
4. kan dong 看懂　　yan zhong 嚴重
5. you yu 由於　　you ju 郵局
6. mai mai 買賣　　du shu 讀書
7. pin yin 拼音　　yue bing 月餅
8. zheng que 正確　　jue se 角色

注釋： 拼音、聲調

漢語拼音的聲調標在韻母上。

－如果出現雙元音，按照a、o、e、i、u、ü的次序，哪一個元音在前，就標在它的上面，例如，lǎo、léi、gǒu。

－當i和u一起出現時，總是標在後出現的韻母上，例如，huì、jiǔ。

（二）請填寫拼音

1. 酒店（ jiǔ diàn ）
2. 顏色（　　　　）
3. 應該（　　　　）
4. 熊貓（　　　　）
5. 參加（　　　　）
6. 開始（　　　　）
7. 造紙（　　　　）
8. 知道（　　　　）
9. 風箏（　　　　）

3 模仿例子編對話(問同樣的問題)

馬克今年暑假來到北京參加漢語短訓班。以下是唐老師和馬克的對話:

唐老師:你叫什麼名字?	馬克:我叫馬克。
唐老師:你是哪國人?	馬克:我是德國人。
唐老師:你學了幾年漢語了?	馬克:我學了三年了。
唐老師:你是在哪兒學的漢語?	馬克:我在學校學的。
唐老師:你在家裏說什麼語言?	馬克:我在家裏說德語。
唐老師:你寫簡體字還是繁體字?	馬克:我寫簡體字。
唐老師:你在德國能不能看到中文電視節目?看得懂嗎?	馬克:我在德國看不到中文節目。
唐老師:你以前來過北京嗎?	馬克:沒有,這是我第一次來北京。我爸爸來過好幾次,他說我應該去看看長城、故宮和天安門。

4 朗讀

1. 寺　詩人　　5. 早　　草莓　　9. 廣　金礦
2. 旁　英鎊　　6. 及　　年級　　10. 見　硯臺
3. 考　烤鴨　　7. 方　　脂肪　　11. 爭　風箏
4. 少　炒菜　　8. 巴　　肥胖　　12. 青　晴天

注釋：漢字

－中國發現的最早的漢字是甲骨文，有四千年的歷史。甲骨文是人們最初刻在龜甲和獸骨上的文字。

－漢字中有獨體字（日），也有合體字（時），字與字組成詞（時間）。

－獨體字中有一部分是象形字，例如：𝔚（火）、𝔚（水），而合體字大部分是形聲字。在形聲字裏，只有大約40%的字是可以根據聲旁來發音的，比如鍾、箏等。

5 CD1 T7 填充

1. 英語在世界上是一種＿＿＿＿＿＿＿＿＿＿，但是現在學＿＿＿＿＿＿＿＿＿＿的人數越來越多了。

2. 世界上使用漢語的國家和地區主要有＿＿＿＿＿＿＿＿。

3. 拉丁美洲地區主要使用＿＿＿＿＿＿＿＿＿＿。

4. 奧地利、瑞士及＿＿＿＿＿一些國家主要使用＿＿＿＿＿＿。

5. ＿＿＿＿＿＿＿＿＿＿及加拿大等地使用＿＿＿＿＿＿＿。

6 用 2-3 分鐘說一說你學漢語的經歷(以下問題僅供參考)

1. 你的母語是什麼?
2. 你從幾歲開始學漢語?
3. 你的第一位漢語老師叫什麼名字?
4. 你學的是簡體字還是繁體字?
5. 你平時看中文報紙嗎?
6. 你每天都寫漢字嗎?
7. 你覺得漢字難學嗎?
8. 你覺得漢語發音難不難?
9. 你家裏還有誰在學漢語?
10. 你有沒有去過中國?

7 數筆畫

例子： 十畫

1. 他　　2. 墙　　3. 帶　　4. 圍　　5. 影

注釋：漢字的筆畫

　　漢字是由筆畫組合成的方塊字。漢字筆畫有二十多種，其中最基本的有五種：丶(點)、一(橫)、丨(竪)、丿(撇)、㇕(折)。

8 猜字謎

1. 半朋半友

2. 由小到大

3. 大口套小口

4. 一物有千口，你有我也有

5. 天沒有地有，你沒有他有

6. 內中有人

7. 人在草木中

8. 一上一下

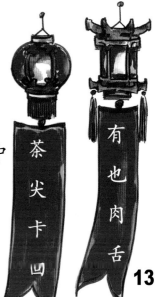

茶尖卡凹

有也肉舌

注釋： 查字典⑵

－看到一個不認識的漢字，先要看是什麼偏旁部首。漢字的偏旁部首有三類。第一類是筆畫部首，例如：丶、一、丨、丿、乀；第二類是不成字的偏旁部首，例如：辶、阝、宀、氵；第三類是獨體字部首，例如：大、小、天、木。

－通過偏旁部首查字典有以下四步。我們用《漢英詞典》來查"冰"字：

第一步："冰"是"冫"部。

第二步：在"部首檢字"表內查到"冫"，二畫(8)。

第三步：在"檢字表"查到(8)"冫"部，然後數"冰"字右邊"水"的筆畫是四畫，再找到四畫"冰"(43)。

第四步：翻到43頁找到"冰"這個字。

9 查字典，並填寫拼音及意思

1. 麗 <u>lì pretty</u>

2. 豐 _____

3. 訪 _____

4. 升 _____

5. 滿 _____

6. 準 _____

7. 觀 _____

8. 軍 _____

9. 閱 _____

10. 紹 _____

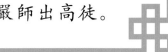

諺 語

◆ 萬事開頭難。

◆ 熟能生巧。

◆ 嚴師出高徒。

閱讀(二) 聰明的阿凡提

CD1 T8

　　從前，新疆有一個非常聰明的人，叫阿凡提。那時，皇帝很壞，但沒有人敢說什麼，不然就會被殺頭，但是阿凡提不怕。

　　有一天，皇帝派人把阿凡提抓來，問他說："有人說你很聰明，但我要考考你。如果你回答不出我的問題，我就殺了你。"阿凡提滿不在乎地說："你考吧！"皇帝問："天上的星星有多少？"阿凡提回答說："跟你的鬍子一樣多。"皇帝又問："那我的鬍子有多少？"阿凡提想了想，一隻手指着他的小毛驢的尾巴，另一隻手指着皇帝的下巴說："你的鬍子跟這尾巴上的毛一樣多。如果你不相信，那你就數數吧！"皇帝一聽，氣得說不出話來了。

生詞：

1. 敢 gǎn　courageous; daring; be sure
2. 不然 bù rán　or else
3. 派 pài　send; dispatch
4. 題（题）tí　topic; subject; title; problem
   問題 wèn tí　question; problem
5. 滿（满）mǎn　full; packed
   滿不在乎 mǎn bú zài hu　not worry at all; not care in the least
6. 鬍（胡）子 hú zi　beard; moustache or whiskers
7. 驢（驴）lú　donkey　毛驢 máo lú　donkey
8. 相信 xiāng xìn　believe

專有名詞：

1. 阿凡提 ā fán tí　Effendi

第三課　中國飯菜

中國飯菜花樣繁多，味道鮮美。由於中國地方大，因此各地的飯菜都有其特色。簡單地說，東南沿海一帶的人喜歡吃甜的，口味比較清淡；北方人愛吃鹹的，口味比較重，做菜時喜歡放醬油，鹽放得比較多；西南一帶地區的人喜歡吃辣的；山西人愛吃酸的，做菜少不了放醋。

中國的北方人喜歡吃麵食，人們把麵粉做成各種食品，如餃子、包子、大餅、麵條等等。特別是餃子，不但中國人愛吃，不少外國人也愛吃。中國的南方人喜歡吃米飯，過去一日三餐都離不開米飯。

中國菜有不同的燒法，有煎、炒、炸、蒸、煮等等。做中國菜事先要做很多準備工作，切菜比較講究，菜可以切成塊、條、絲、片、丁等。

中國人不喜歡吃生冷的東西，一般都把東西煮熟了吃。中國人吃肉比較少，蔬菜、豆製品吃得比較多。可以這麼說，中國人的飲食習慣比較科學。

根據課文回答下列問題：

1. 中國哪個地區的人口味比較清淡？

2. 中國哪個地方的人口味比較重？

3. 中國哪個地區的人喜歡吃辣的？

4. 中國哪個省份的人喜歡吃酸的？

5. 中國的北方人和南方人的主食分別是什麼？

6. 中國菜有哪幾種主要燒法？

生詞：

1. huā yàng fán duō 花樣繁多　of all shapes and colours

2. wèi 味　taste; flavour　wèi dao 味道　taste; flavour
kǒu wèi 口味　a person's taste

3. xiān měi 鮮美　delicious; tasty

4. yóu yú 由於　owing to; due to

5. cǐ 此　this　yīn cǐ 因此　so; for this reason

6. tè sè 特色　characteristic; distinguishing feature

7. jiǎn dān 簡單　simple

8. yí dài 一帶　surrounding area

9. dàn 淡　thin; light; tasteless
qīng dàn 清淡　light; not greasy or strongly flavoured

10. xián 鹹（咸）salty

11. jiàng yóu 醬油　soy sauce

12. yán 鹽（盐）salt

13. dì qū 地區　area; district; region

14. là 辣　peppery; hot; (of smell or taste) burn

15. liǎo 了　can; end　shǎo bu liǎo 少不了　cannot do without

16. cù 醋　vinegar

17. miàn shí 麵食　pasta; food from wheat flour

18. fěn 粉　powder; pink　miàn fěn 麵粉　flour

19. dà bǐng 大餅　a kind of large flatbread

20. lí kāi 離開　leave　lí bu kāi 離不開　cannot do without

21. jiān 煎　fry in shallow oil

22. zhēng 蒸　steam

23. zhǔ 煮　boil; cook

24. shì xiān 事先　in advance; beforehand

25. zhǔn 準（准）allow; accurate

26. bèi 備（备）be equipped with　zhǔn bèi 準備　prepare

27. qiē 切　cut

28. jiǎng 講（讲）speak; say; tell

29. jiū 究　study carefully
jiǎng jiu 講究　be particular about; strive for

30. shú/shóu 熟　ripe; cooked

31. zhì 製（制）work out; control; system
dòu zhì pǐn 豆製品　bean products

32. guàn 慣（惯）be used to　xí guàn 習慣　be accustomed to

17

1 調查

問題	學生			
1. 你喜歡吃甜的東西嗎?				
2. 你喜歡吃鹹的東西嗎?				
3. 你喜歡吃辣的東西嗎?				
4. 你喜歡吃酸的東西嗎?				
5. 你喜歡吃油炸食品嗎?				
6. 你喜歡吃清淡的飯菜嗎?				
7. 你喜歡吃口味重的菜嗎?				
8. 你吃過豆製品（豆漿、豆腐、豆腐乾、豆腐皮等等）嗎?				

2 説一説

盤子裏有什麼?

a. 白蘿蔔絲   e.

b. 豆腐乾絲   f.

c.   g.

d.   h.

3 模仿例子編對話

服務員：金光飯店。你好！

張強：我要訂五個人的座位。

服務員：什麼時間？

張強：這個星期六，中午 12:30。

服務員：能不能告訴我你的名字和電話號碼？

張強：我姓張，弓長張。我的手機號碼是 135 0198 0643。

服務員：好。張先生，這個星期六，中午 12:30，一張五個人的桌子。

張強：對了。謝謝！

服務員：不客氣。再見！

張強：再見！

該你了！

你要訂：一張 12 個人的桌子

時間：下星期六，晚上 6:30

姓名：胡德貴

電話號碼：5574 1548（宅）、136 0187 8493（手機）

4 CD1 T10 在適當的空格內打✓

1. 中國人做餃子一般放 餃子皮 白菜 羊肉 豬肉 香油 醋 。

2. 三明治裏有 奶酪 花生醬 黃瓜 西紅柿 鷄蛋 。

3. 春卷裏有 麵粉 豬肉 胡蘿蔔 粉絲 卷心菜 。

4. 煮鷄湯可以放 鹹肉 菜花 鷄 火腿 豆腐皮 。

5. 水果沙拉裏有 蘋果 梨 西瓜 草莓 葡萄 。

5 動手做做看

"西紅柿炒蛋" 是這樣做的，回家試試看。以下是做這個菜的步驟:

1. 把西紅柿洗乾淨，切塊兒

2. 準備好葱，切成葱花

3. 打兩隻鷄蛋，放鹽、葱花

4. 把鍋燒熱，加油

5. 等油燒熱後，放入打好的鷄蛋，炒幾下，然後出鍋

6. 再往鍋裏加油，油熱後，放入西紅柿，加鹽和糖，加一點兒水，煮一下兒

7. 放入炒好的蛋，再炒幾下，放入葱花，然後出鍋

6 模仿例子編對話

李先生一家四口去一家上海飯店吃飯:

服務員:先生,你們一共幾位?

李先生:四位。

服務員:請跟我來。請坐。
　　　　幾位想喝些什麼?

李先生:兩杯礦泉水、一杯橘子汁和一杯啤酒。

服務員:請問要不要先點菜?

李先生:可以。來一個清炒蝦仁、一個炸帶魚、一個青菜豆
　　　　腐皮、一個麻辣豆腐,再來一份春卷、一個葱油餅和一
　　　　盤蛋炒飯。麻辣豆腐不要太辣。

服務員:好,請等一會兒。

(十五分鐘後服務員把菜端上桌子。)

服務員:菜都到齊了。請慢用!

李先生:謝謝!

該你了!

你們四個人去飯店吃飯。你們會點:炒三絲、紅燒魚、糖
醋排骨、炒青菜、海帶絲、水餃、可樂、啤酒……

7 CD1 T11 排列以下圖片

8 用 1–2 分鐘説一説你吃過哪些中國飯菜(以下問題僅供參考)

1. 你吃過中國菜嗎？吃過什麼？你喜歡吃中國菜嗎？

2. 你和家人常常去飯店吃飯嗎？去哪家飯店？

3. 你吃過餃子嗎？你喜歡吃嗎？

4. 你有沒有吃過四川菜？你喜歡吃辣的嗎？

5. 你喜歡吃麵食還是米飯？

6. 你常吃豆製品嗎？吃哪些？

7. 你們家一般吃中餐還是西餐？誰做飯？他／她做的哪個菜最好吃？

諺 語

◆ 病從口入，禍從口出。

◆ 三思而後行。

◆ 經一事，長一智。

閱讀(三) 木蘭從軍

CD1 T12

　　從前，有個女子叫木蘭，她又聰明又能幹。她爸爸年紀大了，弟弟年紀還小，所以家裏的活都是她幹的。

　　有一年，邊疆要打仗了。每家每戶都要派人去當兵打仗，但是爸爸和弟弟都不能去。木蘭想來想去，最後只好女扮男裝，替父從軍了。

　　一轉眼，仗打了12年。在這12年裏，木蘭多次立功，後來還當上了將軍。仗打完了，幾個士兵陪木蘭回家。回到家裏，等木蘭換完衣服從房間裏走出來時，士兵們簡直不敢相信自己的眼睛！他們怎麼也沒有想到，木蘭原來是個女的。

生詞：

1. lán 蘭（兰）orchid
2. jūn 軍（军）armed forces; army
   cóng jūn 從軍 join the army
3. néng gàn 能幹 able; capable
4. jì 紀（纪）record; age; period　nián jì 年紀 age
5. jiāng 疆 boundary; border
   biān jiāng 邊疆 border area; frontier
6. zhàng 仗 battle; war　dǎ zhàng 打仗 fight; go to war
7. bīng 兵 weapons; army　shì bīng 士兵 soldier
   dāng bīng 當兵 be a soldier; serve in the military
8. xiǎng lái xiǎng qù 想來想去 give sth. a good deal of thought

9. bàn 扮 be dressed up as
   nǚ bàn nán zhuāng 女扮男裝 a woman disguised as a man
10. tì 替 take the place of
11. zhuǎn yǎn 轉眼 in an instant
12. lì gōng 立功 win honour; render outstanding service
13. jiāng jūn 將軍 general
14. péi 陪 accompany
15. jiǎn zhí 簡直 simply

專有名詞：

1. mù lán 木蘭 Mulan

23

第四課　香港、澳門遊

中國旅行社

北京→香港、澳門八天團

北京出發：10:30 在北京西站乘坐京九綫直通車（軟臥，四人一包間，火車上設有餐車和洗手間）

到達：13:15（第二天）九龍火車站（香港）

回程出發：10:30 在香港國際機場乘坐南方航空公司班機

到達：13:20 北京首都國際機場

◆ 行李不得超過20公斤

◆ 代辦港澳通行證（另收費）

◆ 酒店：四星級太平洋酒店或同級酒店

◆ 團費：人民幣4,500元，包括一日三餐、住宿、機票、火車票、船票和門票

◆ 行程包括參觀港、澳的名勝及旅遊景點、逛街購物等活動

◆ 報名日期：出發前兩個星期

王先生： 您好！中國旅行社。

張小姐： 我想去香港、澳門旅遊七、八天左右。我想七月五號去。你們有没有這樣的團？請你給我介紹一下。

王先生： 有一個八天團去香港、澳門，剛好是七月五號出發，先坐京九綫的直通車到香港九龍，回程乘坐南方航空公司的班機。

張小姐： 團費多少錢？

王先生： 4,500塊，包括機票、火車票、船票、四星級旅館住宿、一日三餐和景點門票。

張小姐： 旅行社代辦護照、簽證嗎？

王先生： 去香港、澳門不需要護照，只需辦一個港澳通行證就行了。我們可以幫你辦，但要另收300塊。

張小姐： 好吧！什麼時候報名？

王先生： 出發前兩個星期。

根據對話判斷正誤：

- [ ] 1) 張小姐要去港、澳地區旅遊。
- [ ] 2) 她不想自助旅遊，她想參加旅行團。
- [ ] 3) 如果參加這個團，她會先乘飛機去香港，然後坐火車回北京。
- [ ] 4) 旅行團費包括食宿。
- [ ] 5) 旅行社可以爲張小姐辦港澳通行證，但是要另外收費。
- [ ] 6) 如果張小姐想參加這個旅行團，她得今天報名。

生詞：

1. 社 shè agency; society　旅行 lǚ xíng travel
   旅行社 lǚ xíng shè travel agency
2. 出發 chū fā set out
3. 綫（线）xiàn thread; string; route; line
   京九綫 jīng jiǔ xiàn Beijing-Kowloon Railway
4. 直通車 zhí tōng chē through train
5. 軟（软）ruǎn soft; flexible
   軟卧 ruǎn wò sleeping carriage with soft berths
6. 餐車 cān chē dining car
7. 洗手間 xǐ shǒu jiān bathroom
8. 到達 dào dá arrive; reach
9. 回程 huí chéng return trip
10. 乘 chéng ride; multiply
11. 航 háng boat; ship; navigate　航空 háng kōng aviation
12. 班機 bān jī airliner; regular air service
13. 際（际）jì border; boundary　國際 guó jì international
14. 行李 xíng li luggage
15. 代辦 dài bàn do sth. for sb.
16. 護照 hù zhào passport
17. 簽（签）qiān sign; autograph

18. 證（证）zhèng prove; testimony　簽證 qiān zhèng visa
    通行證 tōng xíng zhèng pass; permit
19. 收費 shōu fèi collect fees; charge
20. 星級 xīng jí star (used in the ranking of hotels)
21. 宿 sù lodge for the night
    住宿 zhù sù stay; get accommodation
22. 行程 xíng chéng route or distance of travel
23. 觀（观）guān look at; watch; sight; view
    參觀 cān guān visit
24. 旅遊 lǚ yóu tour; toruism
25. 景 jǐng view; scenery　景點 jǐng diǎn scenic spots
26. 逛 guàng stroll; roam
27. 街 jiē street　逛街 guàng jiē roam the streets
28. 購（购）gòu buy　購物 gòu wù shopping
29. 報名 bào míng sign up
30. 日期 rì qī date
31. 以下 yǐ xià below
32. 對話 duì huà conversation
33. 介 jiè be situated between
34. 紹（绍）shào carry on; continue　介紹 jiè shào introduce

26

1 模仿例子編對話

在上海火車站售票處

田雲：我要買上海到北京的火車票，910 次快車。

售票員：你要哪天的？

田雲：明天的。

售票員：對不起，這個車次的票賣完了。

田雲：那還有沒有其他車次的票？

售票員：有，明天下午 3:08 的，是特快。

田雲：路上要幾個小時？

售票員：大約 12 個小時。

田雲：那就坐這班車吧。有軟臥嗎？

售票員：有。軟臥每張 180 塊，硬臥每張 90 塊。兒童票半價。

田雲：要軟臥。

售票員：你買幾張？要單程票還是來回票？

田雲：單程票。兩張成人票、一張兒童票。

售票員：好吧。一共 450 塊。

田雲：給你 500 塊。

售票員：找你 50 塊。

該你了！

日期：7 月 20 日　　天津 → 廣州

南方航空公司 SA205

單程票：頭等艙 ￥1,500　　商務艙 ￥1,000　　經濟艙 ￥730

（2 – 12 歲兒童 75% 票價）

2 CD1 T14 在適當的空格內打 ✓

1. 房間裏的 冷氣機 電風扇 暖氣片 壞了。

2. 房間裏沒有 冷水 熱水 汽水 。

3. 走廊 樓上 隔壁 很吵。

4. 張太太打電話給 經理 服務臺 旅行社 。

5. 服務員說會給她 修房間 換房間 收拾房間 。

3 説一説

長途旅行時，你喜歡乘坐什麼交通工具？爲什麼？

例子： 坐飛機很快，可以睡覺、聽音樂、看電視，可以交到朋友。但飛機上活動空間小，不能走動。飛機上的飯菜有時不合口味。

該你了！

1. 火車
2. 旅遊巴士
3. 遊船

參考詞語:

貴	游泳	聽音樂	很安靜	空間很小
快	睡覺	看風景	有餐車	跟別人聊天
安全	太悶	看電視	人太多	看不到風景
便宜	開舞會	曬太陽	飯不好吃	廁所很乾淨
太慢	交朋友	吃東西	不能走動	

4 模仿例子編對話

孫國立（英國人）要去香港旅遊。以下是他跟一位旅行社工作人員唐先生的對話：

唐先生：你好！

孫國立：我想知道香港能不能用英鎊。

唐先生：不行。你得把英鎊換成港幣。

孫國立：在香港，我能不能租車旅行？

唐先生：那當然可以。

孫國立：香港的汽車是在路左邊開還是在右邊開？

唐先生：在左邊開。

孫國立：還有，我在香港說英語別人能聽懂嗎？

唐先生：在香港，大部分人能說英語。我想問題不大。

孫國立：在香港，我可以用信用卡買東西嗎？

唐先生：當然可以。你也可以帶旅行支票去，在當地銀行換成港幣。

該你了！

假設你是一個美國人，要去中國旅行。

5 CD1 T15 選擇正確答案

（一）

1. a. 上海 → 香港
   b. 香港 → 上海
   c. 香港 → 海口

2. a. MA 903
   b. AK 903
   c. KA 903

3. a. 九號登機口
   b. 十九號登機口
   c. 十號登機口

（二）

1. 把手提行李放在
   a. 座位上
   b. 走廊
   c. 行李箱內

2. 飛機起飛時
   a. 要放下小桌板
   b. 要繫好安全帶
   c. 不能用廁所

3. 飛機起飛時
   a. 不可以玩電子遊戲
   b. 可以使用電腦
   c. 可以用手機

6 説一説

假設你的一個朋友要去你的國家旅遊，你怎樣回答以下這些問題？

1. 你們那裏交通怎麼樣？

2. 天氣怎麼樣？

3. 可以住在哪兒？

4. 有什麼玩的地方／名勝？

5. 有什麼特產可以買？

6. 那裏的人説什麼語言？

7. 用什麼貨幣？

8. 那裏的自來水可不可以直接飲用？

9. 那裏的生活費用高不高？

10. 去飯店吃飯貴不貴？

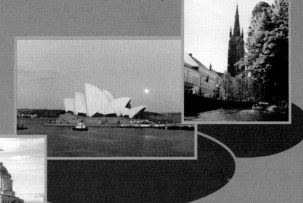

7 跟同桌編對話，商量去哪兒度假

旅行團：

東京購物、迪士尼樂園四天遊 $4,699
（12 月 1 日—12 月 30 日）

倫敦觀光旅遊六天團 $8,999
（11 月 1 日—12 月 1 日）

巴黎購物七天團 $12,290
（12 月 1 日—12 月 31 日）

首爾滑雪青年團五天遊 $5,298
（11 月 1 日—12 月 31 日）

紐約市內觀光購物七天團 $9,998
（11 月 20 日—12 月 30 日）

條件：

◆ 你們兩個人在香港

◆ 每人有 $10,000

◆ 有十天假期
（12 月 20 — 30 日）

◆ 你們從右邊的廣告中選一個旅行團一起去旅行

參考句子：

— 團費太貴了。

— 我很想去迪士尼樂園玩玩。

— 巴黎的時裝很漂亮，我很想去。

— 我倒很想去倫敦，只是時間不對。

— 我不想參加巴黎購物團，因為我的錢不夠。

— 紐約我已經去過好幾次了，我不想再去了。

— 我不會滑雪，再說我已經去過韓國好幾次了。

— 我不想去紐約，但是我想去美國的其他城市。

— 聽說首爾的滑雪場很好，價錢也不算貴，我很想去。

8 用 2-3 分鐘說一說你最喜歡的一個城市（以下問題僅供參考）

1. 你去哪些城市旅遊過？

2. 你最喜歡哪個城市？那個城市在哪個國家？

3. 那是個什麼樣的城市？（新／老城市、人口、環境）

4. 那裏的天氣怎麼樣？（一年四季）

5. 那裏的交通怎麼樣？

6. 那裏的生活水平高不高？東西貴不貴？

7. 那裏的人住什麼樣的房子？

8. 那個城市有哪些名勝？

9. 那裏有什麼特產？

10. 你今後還會去那個城市嗎？

參考詞語：

髒
很窮
樓房
洋房
乾淨
暖和
夜生活
歌舞廳
不安全
很富有
風景如畫
遊人太多
飯菜好吃
購物天堂
交通不便
路不好走
夜景很美
酒店一般
中等城市
新／老城市
市民很友好
生活水平高
有很多名勝

諺　語

◆ 活到老，學到老。

◆ 一寸光陰一寸金，寸金難買寸光陰。

◆ 少壯不努力，老大徒傷悲。

閱讀(四)　三個和尚

　　從前，有個小和尚走了一天的路，最後看見山坡上有座廟，便走了進去。廟裏沒人，但是有鍋、碗、勺、筷子和水桶，他很高興，便住了下來。他渴了，就去山坡下的小河裏挑水。挑水上山可累了，可是沒有辦法，不然的話，他就沒有水喝。

　　過了幾天，有位瘦和尚走過這兒，看見這座廟，也覺得這裏是個好地方，要求住下來，小和尚答應了。瘦和尚渴了，想讓小和尚去挑水，小和尚不肯，他們吵了一架。最後，他們倆一起下山去抬水。

　　又過了幾天，一位胖和尚也來到這座廟裏住下。他渴了，便讓小和尚和瘦和尚去抬水。他們不肯，於是三個人吵了起來，誰也不肯下山去挑水。到了晚上，廟裏突然起火了。爲了救火，三個人都跑到山下挑水。他們一起合作把火撲滅了，保住了他們住的地方。

生詞：

1. **尚** shàng esteem; still; yet　**和尚** hé shang Buddhist monk
2. **山坡** shān pō hillside
3. **鍋（锅）** guō pot; pan; cauldron
4. **勺** sháo spoon
5. **桶** tǒng bucket　**水桶** shuǐ tǒng bucket
6. **挑** tiāo choose; carry on the shoulder with a pole
7. **要求** yāo qiú ask; demand; require
8. **答應** dā ying answer; agree
9. **肯** kěn agree; be willing to
10. **吵** chǎo make a noise　**吵架** chǎo jià quarrel
11. **抬** tái lift; raise; carry
12. **起火** qǐ huǒ (of fire) break out
13. **救** jiù rescue; save
14. **合作** hé zuò work together
15. **撲（扑）** pū throw oneself on or at
16. **滅（灭）** miè (of a light, fire, etc.) go out　**撲滅** pū miè put out
17. **保** bǎo protect; defend; preserve

$8,000 港幣

暑假北京普通話夏令營
歡迎 12－15 歲學生報名參加

目的：　去北京學習普通話，進一步了解中國的歷史、文化及風土人情。

費用包括：　學費、食宿、機票、入場費。

夏令營安排：　上午 8:30－12:30：學漢語（星期一 — 星期五）

下午 2:00 以後到晚上：

星期一、三、五學習中國文化，包括繪畫、剪紙、書法、武術、太極拳等。

星期二、四及周末參觀北京的名勝古迹，例如頤和園、天壇、故宮、長城、天安門等。

*備注：　如有興趣，還可以安排訪問當地的中、小學。

住宿：　全程住宿於北京大學的留學生樓。兩人一間，內設有浴室、廁所、電話、電視機、空調等生活必需設施。

*備注：　打長途電話要自付電話費。

以下是老師跟同學們的對話:

老師: 我們學校暑假會組織夏令營去北京學普通話。大家有沒有興趣?

學生1: 什麼時候去?去多長時間?

老師: 7月15號到8月2號,一共三個星期。

學生2: 要多少錢?

老師: 大概8,000塊港幣,包括學費、機票、食宿、景點門票等等。

學生3: 是不是每天都有普通話課?

老師: 每星期一到星期五上午上四個小時的課,下午兩點到晚上及周末會有其他活動。

學生2: 有什麼活動?

老師: 我們要學武術、剪紙、繪畫,還要去參觀北京的名勝古迹,到時會有導遊陪你們去。

學生1: 我們住在哪裏?

老師: 我們住在北大的留學生宿舍樓。

學生3: 我們是不是每天都吃中餐?

老師: 我們大部分時間吃中餐,你們可以品嚐到各種北京菜及風味小吃。如果你們想吃西餐,我們也可以安排去吃西餐。

學生2: 那我們什麼時候報名?

老師: 當然是越早越好。

根據課文回答下列問題：

1. 誰可以參加普通話夏令營？

2. 團費包不包括景點門票？

3. 參加這個團的學生周末要上普通話課嗎？

4. 星期一、三、五下午學生們做什麼？

5. 參加這個團的學生會住在哪兒？幾個人住一個房間？

6. 團費是不是包括長途電話費？

生詞：

① xià lìng yíng 夏令營 summer camp

② yíng 迎 go to meet　huān yíng 歡迎 welcome

③ jìn yí bù 進一步 further

④ jiě 解 explain; interpret　liǎo jiě 了解 understand; find out

⑤ qíng 情 feeling　fēng tǔ rén qíng 風土人情 local customs

⑥ fèi yòng 費用 expense

⑦ xué fèi 學費 tuition

⑧ shí sù 食宿 board and lodging

⑨ rù 入 enter　rù chǎng 入場 admission

⑩ ān pái 安排 arrange

⑪ huì 繪（绘）paint; draw　huì huà 繪畫 drawing; painting

⑫ jiǎn 剪 scissors; cut (with scissors)　jiǎn zhǐ 剪紙 paper-cut

⑬ shū fǎ 書法 calligraphy

⑭ wǔ 武 military　wǔ shù 武術 martial art

⑮ quán 拳 fist　tài jí quán 太極拳 Taichi

⑯ jì 迹 mark; trace　míng shèng gǔ jì 名勝古迹 scenic spots and historical sites

⑰ yí 頤（颐）hé yuán 和園 Summer Palace

⑱ tiān tán 天壇（坛）Temple of Heaven

⑲ zhù 注 notes　bèi zhù 備注 remarks

⑳ fǎng 訪（访）visit　fǎng wèn 訪問 visit; interview

㉑ dāng dì 當地 local

㉒ liú 留 remain; stay; leave behind　liú xué shēng 留學生 student studying abroad

㉓ tiáo 調 adjust　kōng tiáo 空調 air-conditioner

㉔ bì 必 must; have to　bì xū 必需 necessary; essential

㉕ tú 途 way; road; route　cháng tú diàn huà 長途電話 long-distance call

㉖ zhī 織（织）weave; knit　zǔ zhī 組織 organize

㉗ gài 概 general idea

㉘ dà gài 大概 general idea; probably

㉘ dǎo 導（导）lead; guide　dǎo yóu 導遊 tourist guide

㉙ shè 舍 house; hut　sù shè 宿舍 dormitory

㉚ cháng 嚐（尝）taste　pǐn cháng 品嚐 taste; sample

㉛ fēng wèi 風味 special flavour

㉜ dāng rán 當然 certainly; of course

1 説一説

暑假你有兩個月的時間，
你打算怎樣安排?

- 旅遊　　　　- 在家休息
- 夏令營　　　- 每天練琴
- 做家教　　　- 做暑期工
- 看小説　　　- 補習功課
- 看電視　　　- 學一門語言
- 畫畫兒　　　- 學一種樂器
- 看望親友　　- 上體育訓練班

🍄 JULY　　七月

7月5日－12日參加夏令營

🐟 AUGUST　八月

2 CD1 T18 在適當的空格內打 ✓

1. 在花園酒店當經理助手，你得每天工作 八　六　十　小時，

你得會説 英語　法語　上海話 。

2. 在牙醫診所，你的工作是 上網　接電話　打字 。

3. 如果你的母語是英語，你可以教 中學生　小學生　大學生

英語。

4. 在長樂公司做秘書，你的工作包括 複印文件 發電郵 接電話。

37

3 模仿例子編對話

程景文：我找到了一份暑期工作。

高健新：是嗎？幹什麼？

程景文：在一個遊樂場裏開電動車。你覺得怎麼樣？

高健新：當然不錯了！一小時多少錢？

程景文：每小時20塊。

高健新：還不錯。幹多久？

程景文：先幹兩個星期。你有沒有找到暑期工作？

高健新：還沒有。我看到幾個廣告，已發了信。

程景文：你想幹什麼？

高健新：我想幫小學生補習。

各種各樣的暑期工：

— 看孩子

— 教跳舞

— 教滑冰

— 去養老院做義工

— 去醫院做義工

— 去外賣店當幫手

— 做電話接綫員

— 去公司幹雜活

— 幫小學生補習（中文、英文、數學等等）

4 CD1 T19 在適當的空格內打 ✓

1. "英、法遊學之旅" 的目的是

| 提高英語水平 | 遊覽英、法名勝 | 提高法語水平 | 。 |

2. 導遊、領隊會説

| 英語、法語 | 英語、粵語 | 法語、德語 | 。 |

3. 學生會住在

| 酒店 | 大學宿舍 | 法國人家裏 | 。 |

4. 每周上

| 12 | 20 | 22 | 節課。 |

5. 每班最多

| 15 | 10 | 12 | 人 。 |

6. 學生會遊覽英、法名勝，比如

| 白金漢宮 | 凡爾賽宮 | 迪士尼樂園 | 。 |

7. 出發日期是

| 7 月 25 號 | 7 月 5 號 | 7 月 15 號 | 。 |

8. 團費

| $15,000 | $20,000 | $12,000 | 。 |

5 設計一個有特色的夏令營，用 2 分鐘做一個介紹，內容必須包括

- 時間、地點

- 人數、年齡

- 師生比例

- 主要活動

- 費用、食宿安排

假設

你申請了

一份暑期工作，

你去面試。

1. 你的第一語言是什麼？你會說哪幾種語言？

2. 你以前做過暑期工作嗎？做過什麼工作？

3. 你數學好不好？你會用電腦嗎？

4. 你用過中文軟件嗎？用什麼軟件？

5. 你打字快不快？

6. 你英文寫作水平怎麼樣？

7. 你有什麼愛好？

8. 你喜歡跟小孩子在一起嗎？

9. 你喜歡一個人工作還是跟別人合作？

10. 你每周想工作幾天？每天幾點到幾點？

11. 你能在這兒工作多長時間？

12. 你家離這兒遠不遠？怎麼上班？

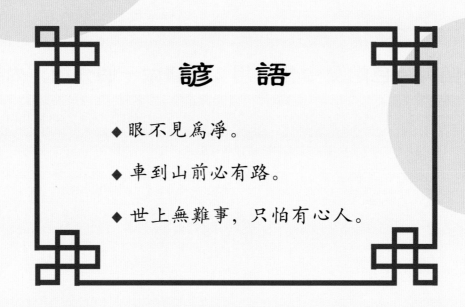

諺　語

◆ 眼不見爲淨。

◆ 車到山前必有路。

◆ 世上無難事，只怕有心人。

閱讀(五) 愚人買鞋

CD1 T20

　　從前，有個愚人想去集市買雙新鞋。他怕買來的鞋不合適，便先用尺子量了量腳，剪了一個紙樣。

　　愚人走了十幾里路，來到集市上。那天趕集的人很多，十分熱鬧。集市上賣鞋的人也不少，大部分鞋子不是料子不好，就是式樣不好，愚人都不喜歡。後來他看到了一雙鞋子，他很喜歡，可是他突然想起紙樣忘在家裏了。他連忙一路跑回家，拿了紙樣，又回到了集市。可惜這時集市已經散了，愚人沒有買到鞋。後來有人問他是否爲自己買鞋，他說是。又有人問他爲何不用腳試穿一下，他說他只相信紙樣，不相信自己的腳。

生詞：

1 愚 yú foolish; stupid 愚人 yú rén fool

2 紙樣 zhǐ yàng paper pattern (for tailoring)

3 趕集 gǎn jí go to a fair

4 部分 bù fen part; section
大部分 dà bù fen majority; most parts

5 料 liào material
料子 liào zi material

6 忘 wàng forget

7 連忙 lián máng quickly

8 惜 xī have pity on
可惜 kě xī it is a pity

9 散 sàn come loose; fall apart

10 否 fǒu no; deny
是否 shì fǒu whether or not

11 何 hé what; which; how; why
爲何 wèi hé why

第六課　世界名城

CD1 T21

1 倫敦

倫敦是英國的首都。在倫敦旅遊十分方便，一張地鐵票便可帶你跑遍全城，遊覽市內的風景、名勝。你可以參觀著名的大英博物館、大笨鐘、國會大廈、倫敦塔橋、白金漢宮、首相府等等。倫敦市區最繁華的商業街是牛津街。

2 巴黎

巴黎是法國的首都，是一座歷史名城，也是世界最著名、最繁華的大都市之一。一提起巴黎，人們自然就會想到艾菲爾鐵塔、聞名於世的羅浮宮、古老的巴黎聖母院等名勝。另外，到了巴黎，人們一定會購買歐洲名牌時裝、香水、化妝品及其他飾物。

42

3 紐約

有700多萬人口的紐約市是美國最大的城市，也是美國商業、金融、娛樂中心，是每個去美國觀光遊客的必到之處。紐約市的另一個名字叫"大蘋果"。到了紐約，一定要參觀的地方有聯合國中心大樓、中央公園、第五大街、時代廣場等，當然還有自由女神像。

4 東京

東京是日本的首都，同時也是日本政治、經濟、文化、交通等各方面的中心。東京市區人口有1,200萬，佔全日本的十分之一。每天大約有200萬人從東京周圍的城市到東京來上班，使東京市中心白天熱鬧非凡。東京是個現代化的大都市，流行音樂、手機、電子遊戲和很多年輕人喜愛的東西，都是從這裏開始流行的。

根據課文回答下列問題：

1. 遊覽倫敦市區，乘坐什麼交通工具最方便？
2. 在倫敦，你可以去哪裏逛街、購物？
3. 在巴黎市區，哪個教堂最有名？
4. 在巴黎，你如果想看世界名畫，你應該去哪兒？
5. 紐約的別名叫什麼？
6. 為什麼東京市中心白天非常熱鬧？

生詞：

1. 遍 *biàn* all over; verbal measure word
2. 覽（览）*lǎn* look at; view
   遊覽 *yóu lǎn* go sight-seeing; tour
3. 著 *zhù* write; book 著名 *zhùmíng* famous
4. 博 *bó* abundant; knowledgeable; gamble
   博物館 *bó wù guǎn* museum
   大英博物館 *dà yīng bó wù guǎn* Great British Museum
5. 廈（厦）*shà* a tall building
   大廈 *dà shà* large buildings; mansions
   國會大廈 *guó huì dà shà* House of Parliament
6. 塔 *tǎ* tower
7. 橋（桥）*qiáo* bridge 塔橋 *tǎ qiáo* tower bridge
8. 首相 *shǒu xiàng* prime minister
9. 府 *fǔ* government office; official residence
10. 繁華 *fán huá* flourishing; bustling
11. 大都市 *dà dū shì* metropolis
12. 提起 *tí qǐ* mention
13. 自然 *zì rán* nature; natural
14. 聞（闻）*wén* hear; smell; famous 聞名 *wén míng* famous
15. 聖（圣）*shèng* holy; sacred
    巴黎聖母院 *bā lí shèng mǔ yuàn* Notre Dame
16. 購買 *gòu mǎi* buy
17. 妝（妆）*zhuāng* woman's personal adornments
    化妝品 *huà zhuāng pǐn* cosmetics
18. 飾（饰）*shì* decorations
    飾物 *shì wù* articles for personal adornment
19. 娛 *yú* amuse 娛樂 *yú lè* entertainment
20. 觀光 *guān guāng* go sight-seeing
21. 遊客 *yóu kè* tourist
22. 處（处）*chù* place
23. 央 *yāng* centre 中央 *zhōng yāng* centre
24. 自由 *zì yóu* freedom
25. 女神 *nǚ shén* goddess
    自由女神像 *zì yóu nǚ shén xiáng* (US) Statue of Liberty
26. 凡 *fán* ordinary 非凡 *fēi fán* extraordinary
27. 現代 *xiàn dài* modern times
    現代化 *xiàn dài huà* modernize; modernization
28. 手機 *shǒu jī* mobile phone
29. 電子 *diàn zǐ* electronics
    電子遊戲 *diàn zǐ yóu xì* video game

專有名詞：

1. 大笨鐘 *dà bèn zhōng* Big Ben
2. 白金漢宮 *bái jīn hàn gōng* Buckingham Palace
3. 艾菲爾鐵塔 *ài fēi ěr tiě tǎ* Eiffel Tower
4. 羅浮宮 *luó fú gōng* the Louvre
5. 時代廣場 *shí dài guǎng chǎng* Times Square
6. 倫敦 *lún dūn* London
7. 牛津 *niú jīn* Oxford
8. 巴黎 *bā lí* Paris
9. 紐約 *niǔ yuē* New York

1 (CD1)(T22) 在適當的空格內打 ✓

1. 楊天行計劃在倫敦停留 三 五 六 天。

2. 他會去參觀 大英博物館 蠟像館 唐人街 等地方。

3. 第四天他會乘火車去參觀世界聞名的

   帝國理工大學 牛津大學 劍橋大學 。

4. 第五天他會租車去英國北部的 伯明翰 曼徹斯特 愛丁堡 。

5. 在那裏他會去 商業街 餐館 中國城 看望他多年

   不見的 表妹 表兄 堂兄 。

2 翻譯

1. 這個茶壺使我想起了爺爺。

2. 他的話使我高興起來了。

3. 這場病使他認識到健康非常重要。

4. 這次北京之行使我對中國文化有了
   進一步的了解。

5. 這場病使他瘦了很多。

6. 這部電影使她一夜之間成了國際巨星。

> **注釋:**
>
> "使" make; cause; enable
>
> 這張照片使我想起了童年的往事。
>
> This photo makes me recall my childhood.

3 說一說（以下問題僅供參考）

 1. 你會從哪個國家開始？

2. 從幾月份開始？一共花多長時間？

3. 你會乘坐什麼交通工具？

4. 你會去哪些國家？在每一個國家會停留多久？

5. 你會在哪兒住宿？

6. 你在每個國家會做些什麼不同的事情？

7. 你計劃花多少錢？

8. 你是否會一個人去旅行？

9. 你在旅途中會買些什麼？

10. 你在旅途中會記日記嗎？

周遊世界計劃

在地圖上標出旅行路線

4

填字母(答案在下面找)

1. 孔亮亮的朋友介紹說，如果去紐約，他一定得去看____，還要去____購物。

2. 高朋今年暑假想去倫敦旅行，他第一天會去____和____遊覽。

3. 黃巧英從小就非常想去法國的巴黎，她最想親眼看到____，也想到____看看。

4. 江超是在英國長大的華人子弟，他今年夏天要跟一個旅行團去北京參觀____、____等名勝古迹。

5. 張建國是日本通，說一口流利的日語，他明年會跟父母一起去日本的東京遊玩____、____等旅遊景點。

a.頤和園	b.羅浮宮	c.時代廣場	d.大笨鐘	e.巴黎聖母院
f.富士山	g.迪士尼樂園	h.劍橋大學	i.北海	j.自由女神像
k.艾菲爾鐵塔	l.玩具博物館	m.蠟像館	n.塔橋	o.第五大街
p.凡爾賽宮	q.白金漢宮	r.天壇	s.富士急遊樂場	t.長城

5

用 1-2 分鐘介紹你所居住的城市，内容應該包括

－人口、面積、語言
－氣候、交通
－其他特色

諺 語

◆ 失敗乃成功之母。

◆ 種瓜得瓜，種豆得豆。

◆ 有志者事竟成。

6 用"遍"、"次"填充

1. 我去過那家飯店兩____。

2. 這部電影我看過四____了。

3. 這本書我想再看一____。

4. 張老師下午找過你兩____。

5. 請同學們再聽一____這個故事。

6. 我已經說了三____了，你還沒有聽見？

7. 我們再把課文讀一____。

注釋：

1. "遍" denoting an action from beginning to the end

這本小說我已經看過兩遍了。

I have read this novel twice.

2. "次" time; occasion

我去過他家三次。

I have been to his home three times.

7 跟同桌編對話(以下問題僅供參考)

1. 你去過上海嗎？

2. 你是什麼時候去的？

3. 你跟誰一起去的？

4. 你在上海住在哪兒？住了多久？

5. 你遊覽了什麼景點？

6. 你去購物了嗎？去哪兒購物了？

7. 你有沒有去參觀那裏的博物館？參觀了哪幾個博物館？看到了什麼？

8. 你在上海乘坐什麼交通工具？

9. 你對上海的印象如何？

上海
倫敦
柏林
巴黎
紐約
首爾
東京
多倫多
悉尼
北京

閱讀（六） 塞翁失馬

CD1 T24

　　相傳古代在塞北住着一個老翁，他有一個兒子。一天，他家的一匹馬走失了。村民們都來安慰他，他却説："你們怎麼知道這不是一件好事呢？"過了幾個月，那匹馬回來了，還帶來了一匹好馬。村民們便向他祝賀。他説："你們怎麼知道這不是禍根呢？"後來，他兒子因爲騎馬而摔斷了腿。老翁又説這不一定是件壞事。果然不出所料，有一年邊疆打仗，村裏的年輕人都得去當兵，死傷很多。只有老翁的兒子因爲腿斷了而没去打仗，因此保住了性命。

生詞：

1. 塞 sài a place of strategic importance
塞北 sài běi beyond the Great Wall
2. 翁 wēng old man
3. 失 shī lose
4. 匹 pǐ single; measure word
5. 村 cūn village　村民 cūn mín villager
6. 慰 wèi comfort　安慰 ān wèi comfort
7. 好事 hǎo shì good thing
8. 賀（贺）hè congratulate　祝賀 zhù hè congratulate
9. 禍（祸）huò misfortune; disaster
禍根 huò gēn the root of the trouble
10. 摔 shuāi fall; tumble
11. 壞事 huài shì ruin sth.; bad thing
12. 不出所料 bù chū suǒ liào as expected
13. 輕（轻）qīng light　年輕人 nián qīng rén young people
14. 性命 xìng mìng life (of a man or animal)

49

第三單元　家居生活

第七課　家譜

中國人的稱呼很複雜。你管你爸爸的爸爸叫祖父,也可以叫爺爺;管你爸爸的媽媽叫祖母,也可以叫奶奶;管爸爸的哥哥叫伯父,他的妻子叫伯母;管爸爸的弟弟叫叔叔,他的妻子叫嬸嬸;管爸爸的姐妹叫姑姑,姑姑結婚後叫姑媽,姑媽的丈夫叫姑夫。

你管媽媽的爸爸叫外祖父,北方人通常叫姥爺,南方人叫外公;管媽媽的媽媽叫外祖母,北方人通常叫姥姥,南方人叫外婆;管媽媽的兄弟叫舅舅,舅舅的妻子叫舅媽;管媽媽的姐妹叫阿姨,阿姨結婚後叫姨媽,姨媽的丈夫叫姨夫。

你和伯父、叔叔的孩子們是堂兄、弟、姐、妹,而你和姑媽、舅舅和姨媽的孩子們是表兄、弟、姐、妹。

如果你是男的,你就是你爺爺、奶奶的孫子,是你姥爺、姥姥的外孫。如果你是女的,那麼你就是你爺爺、奶奶的孫女,是你姥爺、姥姥的外孫女。

祖父　　　祖母　　　外祖父　　　外祖母

（爺爺）　（奶奶）　（姥爺、外公）　（姥姥、外婆）

伯父　　　叔叔　　　姑姑　　　父親　　　母親　　　姨媽　　　舅舅

（爸爸）　（媽媽）

伯母　　嬸嬸　　　姑夫　　　　　　　姨夫　　　舅媽

堂哥　　堂姐　　　哥　　　　姐　　　表哥　　　表姐

堂弟　　堂妹　　　你　　　表弟　　　表妹

弟　　　妹

爸爸的爸爸叫爺爺，　　叔叔的妻子叫嬸嬸。　　媽媽的兄弟叫舅舅，
爸爸的媽媽叫奶奶。　　爸爸的姐妹叫姑媽，　　舅舅的妻子叫舅媽。
爸爸的哥哥叫伯父，　　姑媽的丈夫叫姑夫。　　媽媽的姐妹叫姨媽，
伯父的妻子叫伯母。　　媽媽的爸爸叫外公，　　姨媽的丈夫叫姨夫。
爸爸的弟弟叫叔叔，　　媽媽的媽媽叫外婆。

生詞：

1. 譜（谱）a record for easy reference
   家譜 jiā pǔ family tree

2. 呼 hū breathe out; call　稱呼 chēng hu call; address

3. 複雜 fù zá complicated

4. 管……叫…… guǎn…… jiào…… call

5. 祖 zǔ grandfather; ancestor
   祖父 zǔ fù (paternal) grandfather
   祖母 zǔ mǔ (paternal) grandmother
   外祖父 wài zǔ fù (maternal) grandfather
   外祖母 wài zǔ mǔ (maternal) grandmother

6. 伯 bó father's elder brother
   伯父 bó fù father's elder brother
   伯母 bó mǔ wife of father's elder brother

7. 妻 qī wife　妻子 qī zi wife

8. 叔叔 shū shu father's younger brother; uncle

9. 嬸（婶）嬸 shěn shen wife of father's younger brother

10. 姑 gū father's sister; husband's sister
    姑姑 gū gu father's (unmarried) sister
    姑媽 gū mā father's (married) sister
    姑夫 gū fu husband of father's sister

11. 婚 hūn wed; marry
    結婚 jié hūn get married; be married

12. 姥爺 lǎo ye (maternal) grandfather
    姥姥 lǎo lao (maternal) grandmother

13. 外公 wài gōng (maternal) grandfather

14. 婆 pó an old woman
    外婆 wài pó (maternal) grandmother

15. 舅舅 jiù jiu mother's brother
    舅媽 jiù mā wife of mother's brother

16. 阿 ā prefix used before a kinship term

17. 姨 yí mother's sister; aunt
    阿姨 ā yí mother's (unmarried) sister; aunt
    姨媽 yí mā mother's (married) sister
    姨夫 yí fu husband of mother's sister

18. 堂兄／弟／姐／妹 tángxiōng / dì / jiě / mèi cousins with the same surname

19. 表兄／弟／姐／妹 biǎoxiōng / dì / jiě / mèi cousins with different surname

20. 孫（孙）sūn grandson; surname
    孫子 sūn zi grandson　孫女 sūn nǚ granddaughter
    外孫 wài sūn daughter's son　外孫女 wài sūn nǚ daughter's daughter

21. 那麼 nà me in that way

CD2 T2 選擇正確答案

1. 誰要結婚了？　　　　　a.叔叔 □　　b.伯伯 □　　c.舅舅 □

2. 誰進了醫院？　　　　　a.外婆 □　　b.外公 □　　c.姨夫 □

3. 姥姥畫什麼畫最出名？　a.國畫 □　　b.鋼筆畫 □　　c.水彩畫 □

4. 外婆哪天不工作？　　　a.星期一 □　　b.星期二 □　　c.星期五 □

5. 姑姑家在哪兒？　　　　a.上海 □　　b.大連 □　　c.南京 □

6. 堂姐考上了哪個大學？　a.香港大學 □　　b.北京大學 □　　c.交通大學 □

2　找一張照片，模仿例子編對話

程冲：這是誰？

方明：這是我爺爺。他已經退休了。他以前是一家電腦公司的經理。

程冲：站在他旁邊的那位是不是你奶奶？

方明：是。她還在工作，她是老師。

方明：他是我叔叔，旁邊那位是我嬸嬸，他們去年年初才結婚。

程冲：他們有沒有孩子？

程冲：坐在他們前面的那個男的是誰？

方明：還沒有。

模仿例子，描述你們學校的一位老師，然後讓其他同學猜一猜

A: 她長得怎麼樣？

B: 她長得還可以。
她頭髮挺短的，
還是鬈髮。

A: 她身高大概有
多少？

B: 她的身高有一米
六五。

A: 她看上去有多大？

B: 她大概二十多歲。

A: 她今天穿什麼衣
服？

B: 她身穿紫色的大衣，
頭戴灰色的帽子，
腳穿紫色的皮鞋。

參考詞語：

身材： 高　矮　相當矮　中等身材　苗條　胖　矮胖

年齡： 十幾歲　二十出頭　七、八歲　三十歲左右　不到三十歲

長相： 好看　漂亮　難看　一般　可愛　醜

頭髮： 直髮　鬈髮　長髮　短髮　平頭

臉：　 長臉　方臉　圓臉　瓜子臉

五官： 大眼睛　高鼻子　小嘴巴　大耳朵

	做什麼工作?	在哪兒工作?
1. 叔叔	律師	
2. 嬸嬸		
3. 姑姑		
4. 姑夫		
5. 舅舅		
6. 舅媽		
7. 阿姨		
8. 姨夫		

5 根據你自己的情況回答下列問題

1. 你爺爺、奶奶還健在嗎? 他們是哪國人? 他們現在住在哪兒?

2. 你外公、外婆還健在嗎? 他們是哪國人? 他們現在住在哪兒?

3. 你有沒有伯父/叔叔/姑姑? 他們都做什麼工作? 現在住在哪兒?

4. 你有沒有舅舅/姨媽? 他們都做什麼工作? 現在住在哪兒?

5. 你有沒有堂兄/弟/姐/妹? 如果有的話,請介紹一下。

6. 你有沒有表兄/弟/姐/妹? 如果有的話,請介紹一下。

6 説一説

介紹你其中一個祖父/母或外祖父/母年輕時的情況。

你可以問你的父母親,內容可以包括:

－長相　　　　－職業　　　　－學歷　　　　－愛好

7 根據實際情況回答下列問題

1. 你是哪國人？

2. 你父母是哪國人？

3. 你在哪兒住的時間最長？

4. 你上一次是什麼時候見到你爺爺、奶奶的？

5. 你最近見過你姥姥、姥爺嗎？

6. 你覺得大家庭好還是小家庭好？為什麼？

7. 你跟你堂／表兄、弟、姐、妹在一起的時候常常幹什麼？

8. 你跟你的鄰居熟嗎？

9. 在你的國家年輕人一般多大年紀結婚？

10. 他們要先定婚嗎？

11. 他們一般在哪兒舉行婚禮？

12. 你參加過婚禮嗎？你在哪兒參加過誰的婚禮？

8 模仿例子，描述班裏的一個同學，讓大家猜一猜是誰

諺　語

◆ 畫龍畫虎難畫骨，知人知面不知心。

◆ 路遙知馬力，日久見人心。

◆ 有其父，必有其子。

他是個男生。他個子不高，但也不矮。他長得不胖不瘦，皮膚有點兒黑。他頭髮不長，是黑色的。他有大眼睛、高鼻子、大嘴巴。他不戴眼鏡。

閱讀(七) 愚公移山

CD2 T4

　　很久很久以前，有個叫愚公的人，他已經九十歲了。他家的門前有兩座大山。有一天，愚公對全家人說："這兩座大山堵住了我們的出路。我們大家一起努力，把大山搬走，以後出門就不用走彎路了。"家人都同意了。第二天，愚公就帶着全家人動手開山了，有的人搬石塊，有的人把泥土和石頭運到海邊，忙得不可開交。

　　有一個老漢叫智叟，他很精明。他見愚公一家人幹得這樣辛苦，就對愚公說："你為什麼這麼傻？你這麼大年紀，還能活幾年？你怎麼有力氣搬走這兩座大山呢？"愚公回答說："你不明白。我老了，可是我還有兒子。兒子老了，還有孫子，孫子還會有兒孫。我們家子子孫孫一直幹下去，為什麼搬不走這兩座大山呢？"智叟聽後，也就無話可說了。

生詞：

1. yí 移 move
2. dǔ 堵 block up
3. chū lù 出路 way out
4. dà jiā 大家 every body
5. shǎ 傻（儍）stupid
6. wān 彎（弯）curved; bend
   wān lù 彎路 crooked road
7. kāi shān 開山 cut into a mountain

8. shí kuài 石塊 (piece of) stone
9. ní 泥 mud　ní tǔ 泥土 soil
10. shí tou 石頭 stone; rock
11. bù kě kāi jiāo 不可開交 be terribly busy
12. lǎo hàn 老漢 old man
13. zhì 智 wisdom; intelligence
14. sǒu 叟 old man
15. jīng 精 smart; skilled

16. jīng míng 精明 smart; shrewd
17. xīn 辛 hard; suffering
18. kǔ 苦 bitter; hardship
    xīn kǔ 辛苦 hard; labourious

專有名詞：

1. yú gōng 愚公 Foolish Old Man
2. zhì sǒu 智叟 Wise Old Man

57

第八課　養寵物

CD2 T5

楊詩遠在1984年出生，屬鼠，老鼠在中國的十二生肖中排在第一位。詩遠從小就喜歡小動物，猴子、小花貓、兔子什麼的，他都喜歡。他一直想在家裏養一隻寵物，可是他媽媽覺得養寵物太麻煩，又髒，所以不准他養。

今年春天，詩遠家的一個親戚知道他喜歡養動物後，就把一隻剛出世的小狗送給了他。這隻小狗長了一身黑色的鬈毛、一雙大大的眼睛、小小的鼻子，還有一對尖尖的耳朵，十分可愛。詩遠一見到它就非常喜歡，連他媽媽也覺得這隻狗很可愛。詩遠求媽媽把它留下，起初媽媽不肯，但看到詩遠那副可憐相，媽媽答應試試看。

詩遠給小狗起名叫小黑。幾個月後，小黑長大了很多。詩遠每天定時餵小黑，一有空就跟它玩，每隔一、兩個星期就給它洗一次澡，每天還要帶小黑出去散步。小黑是一隻既活潑又忠實的狗，它每天下午都會在門口等詩遠回家。一見到詩遠，小黑就會又叫又跳，高興極了。

詩遠體會到養寵物有好處，也有壞處。好處是寵物給他帶來了很多快樂；壞處是他每天必須花時間去照顧它，有時還會給他添麻煩。

根據課文回答下列問題：

1. 詩遠從小喜歡什麼？

2. 媽媽為何不許他養寵物？

3. 是誰送給詩遠一隻小狗？

4. 詩遠給小狗起了什麼名字？

5. 詩遠要經常為小狗做哪些事情？

6. 小黑是一隻什麼樣的狗？

7. 養寵物有什麼好處？有什麼壞處？

生詞：

1. 寵（宠）chǒng bestow favour on　寵物 chǒng wù pet

2. 屬（属）shǔ category; be born in the year of

3. 鼠 shǔ mouse; rat　老鼠 lǎo shǔ mouse; rat

4. 肖 xiào resemble; be like

　生肖 shēng xiào any of the 12 symbolic animals associated with a 12-year cycle, often used to denote the year of a person's birth

5. 猴子 hóu zi monkey

6. 兔子 tù zi rabbit

7. 麻 má tingling; numb; linen

8. 煩（烦）fán be annoyed　麻煩 má fan troublesome

9. 髒（脏）zāng dirty

10. 不准 bù zhǔn not allow

11. 戚 qī relative　親戚 qīn qi relative

12. 出世 chū shì be born

13. 連……也…… lián……yě…… even

14. 副 fù measure word

15. 憐（怜）lián pity　可憐 kě lián pitiful

　可憐相 kě lián xiàng a pitiable look

16. 起名 qǐ míng give a name

17. 定時 dìng shí at fixed time

18. 餵（喂）wèi feed

19. 散步 sàn bù take a walk

20. 既 jì since; now that

　既……又…… jì……yòu…… both ... and; as well as

21. 潑（泼）pō splash; daring　活潑 huó po lively

22. 忠 zhōng loyal; honest　忠實 zhōng shí loyal; faithful

23. 體會 tǐ huì know from experience

24. 好處 hǎo chu advantage; benefit

25. 壞處 huài chu disadvantage; harm

26. 須（须）xū must; have to　必須 bì xū must; have to

27. 照顧 zhào gu look after

59

回答下列問題

十二生肖

1. 你是哪年出生的？你屬什麼？

2. 1989 年出生的人屬什麼？他今年多大了？

3. 你爸爸是哪年出生的？他屬什麼？

4. 你媽媽是哪年出生的？她屬什麼？

5. 你們家誰年齡最大？他／她屬什麼？他／她今年多大年紀了？

6. 你們家誰年齡最小？他／她屬什麼？他／她是哪年出生的？

2 翻譯

1. 他連自行車都不會騎。

2. 她連一支筆都沒帶。

3. 這部電影太好看了，連爸爸都看了三遍。

4. 外邊太冷了，連哥哥都戴上了圍巾。

5. 我今天忙得不得了，連午飯都沒有時間吃。

6. 我連一分錢也沒帶，什麼也買不成。

注釋：

"連……也／都……"

even, express emphasis

連媽媽都喜歡這隻
·　　·
小狗。

Even mum likes this puppy.

3 說一說

例子：

　　這隻小花貓長得很可愛，有一對圓圓的大眼睛。它喜歡吃魚。它白天睡覺，晚上出來捉老鼠。

61

1

諺 語

◆ 與人方便，自己方便。

◆ 冰凍三尺，非一日之寒。

◆ 近朱者赤，近墨者黑。

5 調查

問題 ＼ 寵物	狗	貓	金魚	鳥	小白兔
1. 你有沒有養過狗?	養過				
2. 你養了幾年?	五年				
3. 狗一般吃什麼?	骨頭、狗食				
4. 養狗有什麼好處?	可以看家、陪我玩				
5. 養狗有什麼壞處?	花時間照顧它,很麻煩				

6 根據你自己的情況回答下列問題

1. 你養過寵物嗎?

2. 你什麼時候養過什麼寵物?

3. 你養了多長時間?

4. 你養的寵物後來怎樣了?

5. 你在電腦上養過寵物嗎?

6. 你養過電子寵物嗎?

7. 你覺得養寵物有哪些好處? 有哪些壞處?

8. 如果有可能, 你還會養什麼寵物?

9. 如果有可能的話, 你會不會養機器寵物? 養機器寵物有什麼好處／壞處?

10. 你喜歡看有關動物的書嗎? 看過什麼書?

7 翻譯

1. 他既會武術, 又會打太極拳。

2. 我媽媽既要工作, 又要照顧家人, 一天到晚忙個不停。

3. 他既會彈鋼琴, 又會拉小提琴。

4. He can do both water colour and Chinese painting.

5. He can speak both French and Spanish.

6. Keeping a puppy is both troublesome and dirty.

> **注釋:**
>
> "既……又……"
> both ... and ... ; as well as
>
> 這孩子既聰明又大方。
> This child is clever as well as generous.

63

8 説三句話，猜一種動物

例子：

> 這種動物有四條腿，跑得快，可以拉車。

9 [CD2] [T7] 在適當的空格內打 ✓

答案：馬

1. | 男人 | 女人 | 老人 | 適合養寵物，因為他們有 | 錢 | 時間 | 地方 |。
   |------|------|------|---|------|------|
   | | | | | | |

2. | 老人 | 小孩子 | 年輕人 | 適合養寵物，因為他們可以
   |------|--------|--------|
   | | | |

跟動物玩	學畫動物	跟動物一起長大 |。

3. 動物需要 | 住的地方 | 照顧 | 工作 |。
   |----------|------|------|
   | | | |

4. 你外出旅遊，可以 | 帶寵物一起去 | 讓別人照看寵物 | 把寵物送給別人 |。
   |--------------|----------------|----------------|
   | | | |

10 説一説

> 你喜歡養以下哪種動物？為什麼？（至少説出三個原因）

64

閱讀(八) 東郭先生和狼

CD2 T8

從前，有位東郭先生，他是個善良的讀書人。有一天，他揹着一袋書在山裏走着。突然一隻狼跑過來對他說："求求你，救救我吧！獵人要殺死我。"東郭先生不知道怎麼救它。

狼就說："讓我藏在你的口袋裏。"東郭先生就把書倒了出來，讓狼藏了進去。一會兒，獵人跑了過來，沒有看見狼就走了。等獵人走後，東郭先生把狼放了出來。狼對東郭先生說："我現在很餓，我要把你吃了。"正在這時，走過來一個農夫。東郭先生非常生氣地對農夫說："我救了這隻狼，它反而要吃我。"狼說："他把我藏在口袋裏，我差點兒悶死。"聰明的農夫想了想，就叫狼再一次藏進袋子裏給他看看。狼一進口袋，農夫就用木棒把它打死了。

生詞：

1. 郭 _guō_ surname
2. 狼 _láng_ wolf
3. 善 _shàn_ kind; friendly
4. 良 _liáng_ good; fine 善良 _shàn liáng_ kind-hearted
5. 讀書 _dú shū_ read a book; study
6. 揹(背) _bēi_ carry on the back
7. 袋 _dài_ bag; sack; pocket; pouch
   袋子 _dài zi_ sack; bag 口袋 _kǒu dài_ bag; sack
8. 獵(猎) _liè_ hunt 獵人 _liè rén_ hunter
9. 藏 _cáng_ hide; store
10. 農夫 _nóng fū_ peasant; farmer
11. 反 _fǎn_ in an opposite direction; inside out
    反而 _fǎn ér_ on the contrary
12. 差點兒 _chà diǎnr_ almost; nearly
13. 悶(闷) _mēn_ stuffy; silent

專有名詞：

1. 東郭先生 _dōngguō xiān sheng_ Mr. Dongguo

第九課　我的奶奶

CD2 T9

　　我奶奶是1984年去世的。雖然她已經去世了那麼多年了，但我還時常夢見她。

　　奶奶出生於1891年，去世的那年她已有93歲高齡了。她身材矮小，長得挺清秀的：小小的眼睛和鼻子，嘴巴也小小的。她十六歲就結婚了，生了四個兒子，我爸爸是老三。奶奶沒有讀過書，不識字，但是她人很聰明。她常跟我說起她年輕時候的事情。那時候，爺爺一年到頭在外面做事，靠他一個人賺錢養家，奶奶在家帶孩子、做家務。奶奶是個很有個性的人，很獨立，脾氣又好，而且很有耐心，從來不發火，這也許就是她能活到那麼大年紀的原因吧。

　　我從小是由奶奶一手帶大的。在我的印象中，奶奶是個心地善良的人，她樂於助人，跟周圍鄰居的關係都很好。她在世的時候一直教育我要努力讀書，誠實做人。她的話對我的成長影響很大。

　　奶奶有很多優點，但也有缺點，她做事手腳很快，但比較馬虎。

根據課文回答下列問題：

1. 奶奶去世那年有多大年紀？

2. 奶奶長得什麼樣？

3. 奶奶是不是一個有文化的人？

4. 奶奶有沒有出去工作過？

5. 奶奶有幾個孩子？

6. 奶奶的性格怎樣？

7. 她有什麼缺點？

8. 奶奶對本文作者有哪些影響？

生詞：

1. 夢見 (mèng jiàn) see in a dream

2. 高齡 (gāo líng) (of people over sixty) advanced age

3. 材 (cái) timber; material; ability
   身材 (shēn cái) figure; build

4. 秀 (xiù) elegant; beautiful
   清秀 (qīng xiù) pretty and graceful

5. 識字 (shí zì) learn to read; become literate

6. 事情 (shì qing) affair; matter

7. 一年到頭 (yì nián dào tóu) throughout the year

8. 靠 (kào) lean against the wall; get near; depend on

9. 賺 (赚) (zhuàn) make a profit; earn   賺錢 (zhuàn qián) make money

10. 個性 (gè xìng) personality

11. 獨 (独) (dú) single; alone; only   獨立 (dú lì) independent

12. 脾 (pí) spleen   脾氣 (pí qi) temper

13. 耐 (nài) be able to endure   耐心 (nài xīn) patience

14. 發火 (fā huǒ) catch fire; get angry

15. 也許 (yě xǔ) probably; maybe

16. 原因 (yuán yīn) reason

17. 一手 (yì shǒu) single-handed; all alone

18. 印象 (yìn xiàng) impression

19. 心地 (xīn dì) mind; nature

20. 樂於 (lè yú) be happy to; be ready to

21. 在世 (zài shì) be living

22. 誠 (诚) (chéng) sincere; honest   誠實 (chéng shí) honest

23. 做人 (zuò rén) behave; get along with people

24. 成長 (chéng zhǎng) grow up

25. 響 (响) (xiǎng) echo; sound; loud; noise
    影響 (yǐng xiǎng) influence

26. 優 (优) (yōu) good; excellent
    優點 (yōu diǎn) merit; strong point

27. 缺 (quē) be short; imperfect; vacancy
    缺點 (quē diǎn) short coming; weakness

28. 做事 (zuò shì) handle affairs; act

29. 手腳 (shǒu jiǎo) movement of limbs

30. 馬虎 (mǎ hu) careless; casual

31. 性格 (xìng gé) nature; character

1 CD2 T10 在適當的空格內打 ✓

人名 \ 個性	獨立	馬虎	誠實	善良	細心	自信	脾氣壞	有耐心	樂於助人
1. 孫勝									
2. 吳剛									
3. 楊天龍									
4. 李兵									
5. 張秀英									

2 模仿例子編對話

如果你父母這樣說你，你會怎樣回答?

1. 在家從來不做家務

2. 從來不聽父母的忠告

3. 交的朋友我們不喜歡

4. 整天坐在電視機前看電視

5. 一天到晚上網

6. 花太多時間玩電腦遊戲

7. 考試成績不夠好

8. 讀書不夠用功

9. 晚上總是很晚回家

10. 總是光說不做，還找借口

11. 花錢大手大腳

父母: 你在家從來不做家務!

你: 不是吧! 昨天晚上我還幫你洗碗了呢。

3 ⟨CD2⟩ T11 先猜猜他們的性格，然後聽錄音，看看對了幾個

① ② ③ ④

4 調查

你父母是這樣的嗎?	是	有時候	不是
1. 每天告訴你應該幹什麼			
2. 不許你交男/女朋友			
3. 不許你晚上出去			
4. 讓你幫他們做家務			
5. 不聽你的意見			
6. 拿你跟其他的孩子比較			
7. 看見你打電話就發火			
8. 讓你把音量調小一點兒			
9. 叫你自己收拾房間			
10. 不滿意你的穿着			
11. 不給你零用錢			
12. 不給你買手機			

這樣的人不受歡迎	同意	不同意。爲什麼？
1. 從來都不準時		
2. 從來不回電話		
3. 借了東西從來不還		
4. 總是忘記帶文具，每天跟別人借筆		
5. 沒有耐心聽別人把話説完		
6. 常常跟別人借錢，常常忘了把錢還給別人		
7. 放學後總是很晚回家，在外面跟朋友玩		
8. 説話很大聲		
9. 讀書特別好，其他活動一概都不參加		
10. 平時不好好學習，直到考試前一天才複習		
11. 時常跟人吵架		
12. 喜歡的科目成績很好，不喜歡的經常不及格		
13. 説話不文明		
14. 學習不自覺，老師、家長管不了		
15. 體育特別好，但是不愛讀書		

諺 語

◆ 在家靠父母，出門靠朋友。

◆ 三個臭皮匠，勝過一個諸葛亮。

◆ 在家千日好，出門一時難。

6 模仿例子，回答以下問題

1 你的個性是怎樣的？

我性格外向，很誠實。我很自信，也很獨立。

2 你最要好的朋友有什麼個性？

我最要好的朋友叫許玉文。她心地善良、很熱心，但是她脾氣比較急。

3 你喜歡什麼性格的人？

我喜歡性格外向、獨立、有自信心的人。

參考詞語：

	溫和	和氣	大方	公正	耐心	老實	忠實	準時
正面	誠實	友好	熱心	獨立	堅強	細心	樂觀	成熟
	自覺	心腸好	有自信	精明能幹		心地善良	樂於助人	

反面	小氣	馬虎	脾氣不好	沒有耐心	沒有信心

其他	認真	外向	內向	可愛	好奇	活潑	好動	好靜
	個性很強	心直口快	感情衝動					

生肖與性格

鼠 聰明、機警

牛 工作努力，長大後有出息

虎 做事快，性格活潑

兔 文靜、心地好

龍 有活力，但以自我爲中心

蛇 愛學習，愛思考，不喜歡交朋友

馬 自信、急性子

羊 心地善良，對人友好

猴 精明能幹、有上進心，但是不長久

雞 十分自信，直來直去

豬 樂於助人，但容易上當

狗 忠實、公正、好學

1. 你屬什麼？你的性格是這樣的嗎？

2. 你爸爸屬什麼？他的性格是這樣的嗎？如果不是，説一説他的性格。

3. 你媽媽屬什麼？她的性格是這樣的嗎？如果不是，説一説她的性格。

閱讀(九)　狐假虎威

CD2 T12

一天，老虎在森林裏捉到了一隻狐狸，便要吃它。狐狸對老虎說："天帝派我來做百獸之王，你不能吃我。"

老虎聽了狐狸的話，不信。狐狸說："如果你不信，你跟我去森林裏走一圈，看野獸們見了我怕不怕。"老虎同意了，就跟着狐狸走。狐狸走在前面，老虎跟在後面。野獸們見了老虎，個個都嚇得趕快逃走了。狐狸得意地對老虎說："你自已看看，所有的動物看見我都怕，我是百獸之王，你不能吃我，你要聽我的話。"老虎也沒有辦法，只好聽狐狸的了。

生詞：

1. 狐 (hú) fox

2. 狸 (li) raccoon dog　狐狸 (hú li) fox

3. 天帝 (tiān dì) God of Heaven (supreme god in Chinese legend)

4. 威 (wēi) mighty force

5. 森 (sēn) trees growing thickly

6. 林 (lín) forest; woods; grove　森林 (sēn lín) forest

7. 捉 (zhuō) hold firmly; grab; grasp

8. 獸 (兽) (shòu) beast; animal
   百獸之王 (bǎi shòu zhī wáng) king of all animals

9. 圈 (quān) circle; ring; hoop

10. 野 (yě) open country; wild land
    野獸 (yě shòu) wild beast; wild animal

11. 逃 (táo) run away; escape

第四單元　社　區

第十課　小鎮上的郵局

CD2 T13

英國北部有一個小鎮，鎮上住着大約 3,000 多個居民，大部分是退了休的老年人。鎮上有一個郵局，由格林夫婦經營。這個郵局不單是一個郵局，它已成為小鎮居民生活中不可缺少的一部分。

郵局一早七點半開始營業。郵遞員把信件放在郵包裏，騎着自行車把信送到每家每戶。小鎮上還有郵筒，清晨專門有郵遞員把裏邊貼好郵票的信件送去郵局。

在郵局，居民們不僅可以寄各種信件，例如平信、航空信、掛號信和明信片，而且還可以寄包裹。郵局還賣郵票、信紙、信封、紀念郵票等等。除此以外，居民們還可以在郵局裏訂報刊、雜誌，存、取現金，領取工資，付水、電費等等。鎮上居民的日常生活真是離不開這個郵局。

☐ 1) 小鎮上住的全部都是老年人。

☐ 2) 這個郵局是由一對夫婦經營的。

☐ 3) 郵局早上七點開門。

☐ 4) 鎮上的居民只能去郵局寄信。

☐ 5) 在郵局，居民們不僅可以寄信，而且還可以寄包裹。

☐ 6) 居民們可以在郵局取錢。

生詞：

① 鎮（镇）town zhèn

② 居民 resident jū mín

③ 退休 retire tuì xiū

④ 夫婦 husband and wife fū fù

⑤ 經營 manage; operate; run jīng yíng

⑥ 不單 not only; not the only bù dān

⑦ 成爲 become chéng wéi

⑧ 生活 life shēng huó

⑨ 缺少 lack; be short of quē shǎo

⑩ 營業 do business yíng yè

⑪ 遞（递）hand over; deliver dì
郵遞 send by post or mail yóu dì　郵遞員 postman yóu dì yuán

⑫ 信件 letter; mail xìn jiàn

⑬ 筒 thick tube-shaped object tǒng　郵筒 mailbox yóu tǒng

⑭ 晨 morning chén
清晨 early morning qīng chén

⑮ 專門 special; specialized zhuān mén

⑯ 貼（贴）paste; stick; glue; cling to tiē

⑰ 郵票 stamp yóu piào

⑱ 僅（仅）only; just jǐn　不僅 not only bù jǐn
不僅……而且…… not only ... but also ... bù jǐn ... ér qiě

⑲ 平信 ordinary mail píng xìn

⑳ 航空信 airmail háng kōng xìn

㉑ 掛號 register guà hào　掛號信 registered mail or letter guà hào xìn

㉒ 明信片 postcard míng xìn piàn

㉓ 裹 tie up; parcel; package guǒ　包裹 parcel; package bāo guǒ

㉔ 封 seal; envelope; measure word fēng
信封 envelope xìn fēng

㉕ 念 read aloud; study; attend school niàn
紀念 commemorate jì niàn

㉖ 訂（订）subscribe to; book; order dìng

㉗ 刊 print; publication; periodical kān
報刊 newspaper and periodicals bào kān

㉘ 存 exist; deposit; store cún

㉙ 取 get qǔ　領取 draw; receive lǐng qǔ

㉚ 資（资）fund; money zī　工資 pay; wages; salary gōng zī

專有名詞：

① 格林 Green gé lín

1 根據情景完成下列對話

例子: 在西餐館:

顧客: 這牛排太老了。能不能幫我換一下?

服務員: 對不起,我拿錯了。請等一下,我馬上去給你換一盤。

1. 在郵局:

顧客: 你把我的名字寫錯了。我姓張,弓長張,不是立早章。

服務員: _____

2. 在商店:

顧客: 你應該找我九塊八毛,但是你只給了我五塊八毛。

服務員: _____

3. 在中餐館:

顧客: 我點的是"麻婆豆腐",但你却給了我"紅燒豆腐"。

服務員: _____

4. 在鐘錶修理店:

顧客: 上個星期我把這塊表拿來修了,但是現在仍然不走。

服務員: _____

5. 在書店:

顧客: 我訂的一套《中國民間故事集》來了嗎?

服務員: _____

2 用 1-2 分鐘説一説你家周圍的環境,必須回答以下問題

1. 你家周圍有什麼公共設施?你是怎麼利用這些公共設施的?

2. 如果有一天你當了市長,你會怎樣改善這些公共設施?

3 CD2 T14 在適當的空格內打 ✓

1. 她想訂

雜誌	報紙	書籍

。

2. 她想訂

英文	簡體字	繁體字

版。

3. 她想訂

半年	一年半	半個月

。

4. 她想從

今年一月一號	明年十月一號	明年一月一號

開始訂。

5. 她還想訂

少年讀物	老年讀物	青年讀物

。

4 翻譯

1. 看電視不僅使你了解世界，而且使你學到很多知識。

2. 他不但是一位詩人，而且還是一個畫家。

3. 他不僅聰明，而且讀書很用功，所以他一直是班上的前幾名。

4. 他不僅心地善良，而且誠實可靠。

5. 北京不僅是中國的政治、文化中心，而且是一個主要的交通中心。

6. 我爺爺不僅喜歡養寵物，而且還喜歡種花，整天忙個不停。

注釋：

"不但（不僅）……而且……"
and also; but also; more over

他不僅是個科學家，而且是個詩人。
He is not only a scientist, but also a poet.

5 　根據下面的要求編對話

1. 告訴他你要訂房間

2. 告訴他你要訂單人房

3. 告訴他你要住五個晚上

4. 告訴他你幾號到

5. 問他多少錢一晚，有沒有打折

6. 問他是否包早餐

7. 問他酒店裏有什麼設施

8. 問他在酒店裏可否訂火車票或機票

9. 問他酒店是否有機場接送服務

10. 問他在房間裏是否可以上網

在酒店：

服務員

客人

6 　CD2 T15 填充

你不在的時候……

姓名_____打來電話。

留言內容_____

_____

_____

是否要回電話？ 是☐否☐　　　回電號碼_____

日期_____時間_____

7 模仿例子編對話

在郵局:

林海英: 我要寄一個包裹去美國。

營業員: 你寄什麼?

林海英: 一件襯衫。

營業員: 你要先買一個小紙盒,八塊錢。

林海英: 那好吧! 我買一個紙盒。

營業員: 你想寄航空還是平郵?

林海英: 寄航空多少錢?

營業員: 我先稱一下,寄航空三十五塊。

林海英: 那麼寄平郵呢?

營業員: 平郵只要十四塊。

林海英: 如果寄航空,幾天能到?

營業員: 一星期就能寄到。

林海英: 謝謝! 再見!

營業員: 不客氣。再見!

該你了!

從香港寄一件毛衣和一條圍巾去澳大利亞的墨爾本:

航空	平郵	紙盒		
$38.00	$20.00	大號	中號	小號
一個星期寄到	兩個月寄到	$16.00	$12.00	$8.00

79

8 CD2 T16 完成下列句子

1. 他想訂＿＿＿＿＿＿＿＿＿。

2. 他要看＿＿＿＿＿＿＿＿＿。

3. 他要訂＿＿＿＿＿＿＿張電影票。

4. 他的信用卡號碼是＿＿＿＿

＿＿＿＿＿＿＿＿＿。

5. 他要去＿＿＿＿＿＿＿取票。

9 根據情景編對話

情景 1: 下個星期一考漢語。你想

讓你的同桌來你家複習功課。

參考問題: 什麼時候有空?

幾點來?

複習多長時間?

複習什麼?

怎樣來你家?

情景 2: 下個星期六是你媽媽的生日。

你跟你同桌商量買什麼禮物。

參考問題: 媽媽喜歡什麼?

可以買什麼?

一共有多少錢?

可以去哪裏買?

情景 3: 你想養一隻寵物。你跟

你同桌商量養什麼好。

參考問題: 養什麼動物好?

是不是很麻煩?

每天需要花多少時間?

每個月需要花多少錢?

怎樣養寵物?

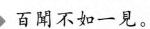
諺　語

◆ 百聞不如一見。

◆ 說起來容易，做起來難。

◆ 溫故知新。

閱讀(十) 伯樂與千里馬

CD2 T17

春秋時期有一個人叫孫陽，因爲他有識別千里馬的好眼力，被人稱爲"伯樂"。有一次，他在路上遇見了一匹馬，它非常吃力地拉着一輛鹽車，全身是汗，喘着粗氣。這匹馬年紀已經很大

了，它剛要上坡，突然前腳一軟，倒在了地上。伯樂看出這是一匹難得的千里馬。他馬上脫下自己的衣服，並把它蓋在馬的身上。馬低下了頭，兩眼看着伯樂，好像找到了知心人。這匹馬懂得伯樂的心情，伸伸腿，站了起來，又重新拉着鹽車上路了。

生詞：

1. bó lè 伯樂 a man good at scouting talent
2. qiān lǐ mǎ 千里馬 winged-horse; person of great talent
3. chūn qiū 春秋 the Spring and Autumn Period (770-476BC)
4. shí bié 識別 distinguish; identify
5. yǎn lì 眼力 eyesight; vision
6. yù 遇 meet; encounter yù jiàn 遇見 meet; come across
7. chī lì 吃力 requiring effort
8. chuǎn 喘 gasp of breath chuǎn qì 喘氣 breathe deeply
9. cū 粗 wide (in diameter); broad; thick; rough
10. nán dé 難得 hard to come by; rare

11. tuō 脫 shed; take off
12. gài 蓋 (盖) lid; cover
13. dī 低 low
14. zhī xīn 知心 heart-to-heart
    zhī xīn rén 知心人 close friend
15. xīn qíng 心情 mood
16. shēn 伸 stretch; extend
17. chóng xīn 重新 again; once more

專有名詞：

1. sūn yáng 孫陽 Sun Yang

81

第十一課　華人社區中心

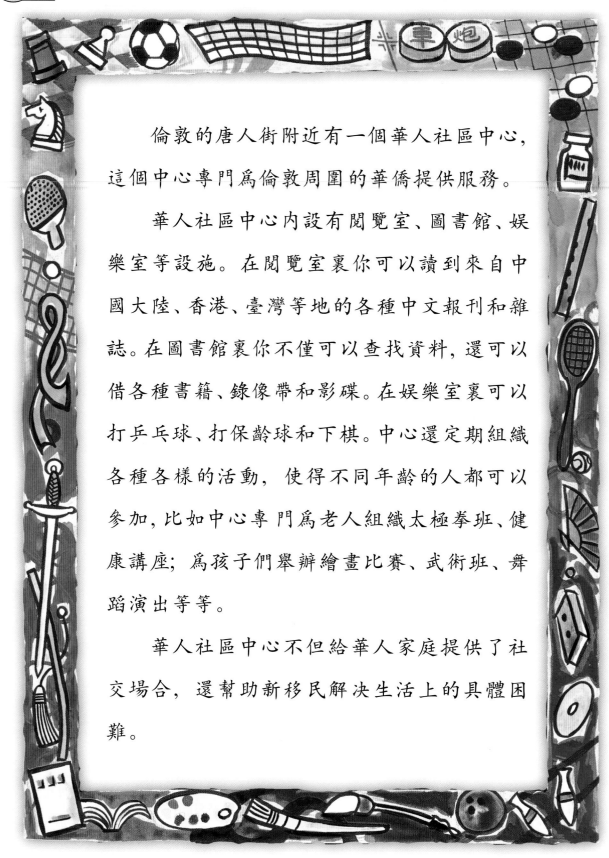

　　倫敦的唐人街附近有一個華人社區中心，這個中心專門爲倫敦周圍的華僑提供服務。

　　華人社區中心內設有閱覽室、圖書館、娛樂室等設施。在閱覽室裏你可以讀到來自中國大陸、香港、臺灣等地的各種中文報刊和雜誌。在圖書館裏你不僅可以查找資料，還可以借各種書籍、錄像帶和影碟。在娛樂室裏可以打乒乓球、打保齡球和下棋。中心還定期組織各種各樣的活動，使得不同年齡的人都可以參加，比如中心專門爲老人組織太極拳班、健康講座；爲孩子們舉辦繪畫比賽、武術班、舞蹈演出等等。

　　華人社區中心不但給華人家庭提供了社交場合，還幫助新移民解決生活上的具體困難。

根據課文回答下列問題：

1. 唐人街附近的華人社區中心是爲誰服務的？

2. 華人社區中心裏有什麼設施？

3. 在該中心的閱覽室裏可以讀到什麼？

4. 從中心的圖書館裏可以借什麼？

5. 在華人社區中心，老人可以參加哪些活動？

6. 中心可以爲新移民做哪方面的事情？

生詞：

① 華人 huá rén　Chinese; foreign citizens of Chinese origin

② 社區 shè qū　community

③ 唐人街 tángrén jiē　Chinatown

④ 僑(侨) qiáo　live abroad　華僑 huá qiáo　overseas Chinese nationals

⑤ 供 gòng　lay (offerings); confess　提供 tí gòng　provide; offer

⑥ 閱(阅) yuè　read; scan　閱覽室 yuè lǎn shì　reading room

⑦ 查 chá　check; examine; inspect　查找 chá zhǎo　look for

⑧ 資料 zī liào　information

⑨ 籍 jí　book; record; place of origin　書籍 shū jí　books

⑩ 租借 zū jiè　rent

⑪ 錄像帶 lù xiàng dài　video tape

⑫ 碟 dié　saucer　影碟 yǐng dié　video disc

⑬ 保齡球 bǎo líng qiú　bowling

⑭ 棋 qí　chess or any board game　下棋 xià qí　play chess

⑮ 定期 dìng qī　fix a date; regular

⑯ 使得 shǐ de　make; cause

⑰ 講座 jiǎng zuò　lecture

⑱ 舉辦 jǔ bàn　conduct; hold

⑲ 蹈 dǎo　step　舞蹈 wǔ dǎo　dance

⑳ 演出 yǎn chū　perform; show

㉑ 社交 shè jiāo　social life

㉒ 場合 chǎng hé　occasion; situation

㉓ 移民 yí mín　immigrate; emigrate

㉔ 決 jué　make a decision　解決 jiě jué　solve; settle

㉕ 具體 jù tǐ　detailed; specific

㉖ 困 kùn　be stricken; sleepy　困難 kùn nan　difficulty

83

1 模仿例子編對話

在華人社區中心圖書館：

陸祖強：我想借這十本書，這是書單。

圖書管理員：讓我看看。對不起，這本《西遊記》被人
借走了，下星期才到期。

陸祖強：是嗎？那麼還回來以後能不能幫我留一下，
我下星期再來借。

圖書管理員：沒問題。請你留下你的姓名、聯繫電話
及借書證號。到時我會打電話通知你。

陸祖強：其他的書我最長可以借多久？

圖書管理員：三個星期。如果你還看不完，你一定要把
書拿回來蓋章後才能續借。

陸祖強：好吧！謝謝！那我今天就借這九本。

該你了！
你要借五本書，其中一本《紅樓夢》被人借走了。

2 CD2 T19 在適當的空格內打 ✓

1. 大年初一有 | 舞獅 | 中國民族歌舞表演 | 舞龍 | 獨唱表演 | 。

2. 大年初一的表演在 | 牛津街 | 唐人街 | 華人社區中心大禮堂 | 舉行。

3. 中國民樂隊在 | 年初一 | 年初三 | 年初二 | 表演。

4. 中國民樂隊下午 | 兩點 | 兩點半 | 五點 | 開始表演。

5. 適合青少年的節目有 | 少林武術表演 | 兒童合唱 | 鋼筆畫比賽 |
   | 書法比賽 | 。

6. 少林武術表演在 | 年初三上午十點半 | 年初二下午兩點 |
   | 年初三下午兩點 | 舉行。

3 根據實際情況回答下列問題

1. 你住的國家或地區有沒有華人？人數多不多？有華人社區中心嗎？

2. 過年、過節時，當地的華人組織什麼活動？你參加過嗎？

3. 你去過世界上哪些城市的唐人街？什麼時候去的？

4. 你在唐人街的中國飯店裏吃過飯嗎？吃了什麼？

5. 你在唐人街的商店裏買過東西嗎？買了什麼？

諺 語

◆ 早睡早起身體好。

◆ 病來如山倒，病去如抽絲。

◆ 家家有本難唸的經。

4 根據情景完成句子

情景 1: 張太太剛移民去美國。她不讓她六歲的兒子去上學，因為他一點兒英語都不會說。如果我是張太太，我會……，因為……

情景 2: 小王去西藏旅遊，他的手提包被人偷了，裏面有錢、護照和一部照相機。他現在身無分文。如果我是小王，我會……

情景 3: 方亞清一個月前向你借了200塊錢，到現在還沒有還給你，她也從來不提這件事。你怎麼來處理？如果……

情景 4: 在旅館大廳的沙發上，你發現了一個錢包。你打開錢包一看，裏面有 1,000 塊錢、一張身份證和兩張信用卡。你怎樣來處理這個錢包？如果……

參考短語:

孩子應該上學	不告訴父母	跟……商量
打電話給警察局	向華人社區求助	問清楚是怎麼一回事
客氣地跟……提這件事	跟……吵架	可能忘了這件事
打電話給失主	從今以後不理……	肯定有人會幫……
請家教補習英語	把錢藏起來	叫……寄錢來
把錢包還給失主	壞事可能會變成好事	打電話給……
把錢留下，扔掉身份證	跟……打架	問……有沒有問題還錢
報告警察	分期還錢	

5 説一説 “華人社區中心” 周圍的環境

6 CD2 T20 回答下列問題

1. 這個圖書館有沒有閱覽室？ _____

2. 圖書館裏有沒有英文書籍？ _____

3. 在閱覽室裏你能看到什麼報紙？ _____

4. 錄像帶能借出去嗎？ _____

5. 圖書最多能借多長時間？ _____

6. 每次能借幾盤錄像帶或影碟？ _____

7. 你能不能在閱覽室裏上網？ _____

8. 辦借書證需要帶哪幾樣東西？ _____

戴明川：你剛到英國有什麼不適應？

高志誠：首先是語言問題。我在國內學了英語，但到這裏，英國人説話太快了，我聽不懂。電視節目也都是英文的，我看不太懂。

戴明川：別着急，慢慢來。過幾個月就會好的。

高志誠：我對這裏的天氣也不太習慣。經常下雨，現在又是冬天，下午三點半天就黑了，早晨八、九點鐘天才亮。

戴明川：没錯。耐心一點兒，夏天的天氣會好得多，習慣了就好了。

高志誠：這裏的飯菜也不太合我的口味，薯條、奶酪、鹹肉、火腿、麵包什麼的，我都不太喜歡。我不習慣整天吃西餐，我喜歡吃中國菜。

戴明川：没關係，慢慢來！這些你都會習慣的。你還是先把英文學好，以後一切都好辦了。

該你了！

假設你剛到一個新的環境，你會有哪些不習慣的地方？

閱讀(十一)　盲人摸象

CD2 T21

　　傳說，有這樣一個佛經故事。國王讓六個盲人先去摸一下大象，然後說出大象長得什麼樣。第一個盲人摸着象牙說："大象像一根蘿蔔。"第二個盲人摸着大象的耳朵說："大象像一把扇子。"第三個盲人摸着大象的腿說："你們都錯了，大象像柱子，高高的、圓圓的。"第四個盲人摸着大象的尾巴說："不對，不對，大象既不像蘿蔔，也不像扇子，更不像柱子。大象像一根繩子，又細又長。"第五個盲人摸着大象的頭說："大象簡直像一塊大石頭，又圓又滑。"第六個盲人摸着大象的身子說："你們都不對，大象像一堵牆。"六個盲人就這樣爭論不休，誰也說服不了誰。

生詞：

1. **盲** máng blind　**盲人** máng rén the blind
2. **摸** mō feel; touch
3. **佛** fó Buddha　**佛經** fó jīng Buddhist scripture
4. **故事** gù shi story
5. **象牙** xiàng yá elephant's tusk; ivory
6. **扇** shàn fan　**扇子** shàn zi fan
7. **柱** zhù post; column　**柱子** zhù zi post; pillar
8. **繩（绳）** shéng rope; cord; string　**繩子** shéng zi cord; rope; string
9. **身子** shēn zi body
10. **細（细）** xì thin; fine; narrow; careful
11. **爭論** zhēng lùn debate; dispute
12. **不休** bù xiū endlessly
13. **說服** shuō fú persuade; talk sb. over

第十二課　做義工

　　我是家裏的獨生子。媽媽為了讓我專心讀書，從小就不讓我做任何家務。我連很簡單的家務，例如打掃衛生、擦窗戶、倒垃圾或吸塵這類活都沒做過。

　　這個學期，我們十一年級的學生有一個"社區活動周"，我被分到一個老人院做義工。一開始我對自己沒有信心，不知從何做起。後來，我慢慢開始做一點兒事情，比如給老人家讀報，陪他們談話、聊天，跟他們下棋，開飯的時候照看他們，有時還要推着坐輪椅的老人外出活動。

　　一個星期轉眼就過去了，我一下子覺得自己長大了很多。這次活動改變了我對生活的態度，使我學會了怎樣照顧別人，還懂得了對人要有愛心和耐心。"社區活動周"確實是一次有意義的活動。

根據課文回答下列問題：

1. 他媽媽爲什麼不讓他做家務？

2. 這個學期他去哪兒做義工了？

3. 一開始他知不知道怎樣幫助那些老年人？

4. 他後來在老人院幫老人做了哪些事？

5. 他覺得這次"社區活動周"怎麼樣？他學到了什麼？

生詞：

1 義（义）meaning yì
   義工 yì gōng volunteer work
   意義 yì yì meaning; significance

2 獨生子 dú shēng zǐ only son

3 專心 zhuān xīn concentrate on

4 任 rèn let; allow; no matter
   任何 rèn hé any; whatever; whichever; whoever

5 家務 jiā wù housework

6 掃（扫）sǎo sweep; clear away
   打掃 dǎ sǎo sweep; clean

7 衛（卫）wèi guard; protect
   衛生 wèi shēng hygienic

8 擦 cā rub; scratch; wipe with rags

9 窗户 chuāng hu window

10 垃圾 lā jī garbage

11 塵（尘）chén dust; dirt 吸塵 xī chén vacuum

12 信心 xìn xīn confidence

13 談（谈）tán talk; speak; chat; discuss
   談話 tán huà talk; conversation

14 聊 liáo chat 聊天 liáo tiān chat

15 照看 zhào kàn look after

16 推 tuī push

17 輪（轮）lún wheel 輪椅 lún yǐ wheelchair

18 一下子 yí xià zi suddenly

19 改 gǎi change; correct
   改變 gǎi biàn change

20 態（态）tài form; state; appearance
   態度 tài du manner; attitude

21 愛心 ài xīn love; sympathy

22 確實 què shí truly; really

你做家務嗎?

家務	馬詩文	同學 1	同學 2
1. 擦地	經常做		
2. 掃地	經常做		
3. 擦桌子	每天做		
4. 洗碗筷	每天做		
5. 做飯	很少做		
6. 洗衣服	很少做		
7. 除草	從來沒做過		
8. 洗汽車	從來沒做過		
9. 照顧寵物	從來沒有養過寵物		
10. 照看弟妹	沒有兄弟姐妹		
11. 吸塵	家裏沒有地毯		
12. 擦窗子	從來不做		
13. 倒垃圾	每天做		
14. 收拾房間	經常做		

參考短語:　天天做　經常做　很少做　從來沒做過
媽媽說不用我做　媽媽不讓我做　每個周末才做
一星期做一次

2 CD2 T23 選擇正確答案

1. 兒子那天有沒有功課？
☐ 沒有
☐ 有，但是不多
☐ 很多，他做不完

4. 明天兒子會幫媽媽除草嗎？
☐ 可能不會
☐ 一定會
☐ 沒有提到

2. 兒子的房間已有幾星期沒
   有打掃了？
☐ 一個星期
☐ 兩個星期
☐ 三星期

5. 兒子用他的零用錢買了什麼？
☐ 一本小說和一個電腦軟件
☐ 一本電腦雜誌和一件襯衫
☐ 一本體育雜誌和一個電腦軟件

3. 兒子什麼時候會收拾房間？
☐ 今天晚上
☐ 明天
☐ 後天

3 **根據你自己的情況回答下列問題**

1. 你做過義工嗎？做過什麼義工？

2. 你什麼時候做的義工？你跟誰
   一起去的？做了多久？

3. 請你講一講其中的一天是怎麼
   過的。

4. 你喜歡照看小孩還是照顧老人？

5. 如果有機會的話，你會做什麼樣的義工？

6. 你從做義工的經歷中學到了什麼？

4 根據你們學校的情況，模仿例子編對話

馬秋雲的新學校

－教室：不太乾淨，特別是午飯後教室裏都是垃圾

－小賣部：價格太貴，飯菜不太好吃，煎炸食品太多，還賣糖果、
　　　　　薯片、飲料

－學生晚會：次數太少

－課外活動：形式太少，只有球類活動

－家庭作業：太多，每位任課老師都留大約45分鐘的功課

馬秋雲：我最近轉學了，轉到了西城中學。

金希明：你喜歡你的新學校嗎？

馬秋雲：不太喜歡。這個學校不太乾淨，特別是午飯後，教室裏到處都是垃圾。

金希明：你們學校有小賣部嗎？

馬秋雲：有，這個小賣部賣的東西很貴。

金希明：學校組織學生開晚會嗎？

馬秋雲：有，但次數很少，三個月一次。

金希明：你有沒有參加課外活動？

馬秋雲：沒有，因為課外活動形式太少，只有球類活動，沒有別的。

金希明：你們功課多嗎？

馬秋雲：比以前多。每個老師都留45分鐘的功課，加起來就很多。

5 根據情景編對話(以下問題僅供參考)

假設你和另外 29 名學生及 4 位英語老師上個星期去一個鄉村小學做義工了。

你們的工作是：	鄉村小學：
– 教三年級的學生學英語	– 一年級到六年級，全校300多個學生
– 星期一到星期五,每天教一節 (45分鐘) 英語課	– 校舍不大，只有一個操場
– 教小學生唱英文歌,跟他們一起做遊戲,給他們講故事等等	– 每個班大約有40個學生
	– 課外活動不多，每天都有家庭作業
	– 學生都很用功讀書，很聽話，很好教

■ 1. 你上星期去哪兒了?

■ 2. 你們有多少人去?

■ 3. 你們每天都做些什麼?

■ 4. 你每天教幾年級的學生?

■ 5. 你是怎樣給他們上課的?

■ 6. 這個鄉村學校大不大? 介紹一下這個學校。

■ 7. 那裏的學生怎麼樣?

■ 8. 做完一個星期的義工,你有什麼體會?

6 CD2 T24 回答下列問題

1. 他們學校有幾個小賣部？

2. 他現在常去小賣部買東西吃嗎？

3. 他常去小賣部買什麼吃？

4. 他每次排隊要排多長時間？

5. 他每天要花多少零用錢？

6. 有小賣部的好處是什麼？

7. 有小賣部的壞處是什麼？

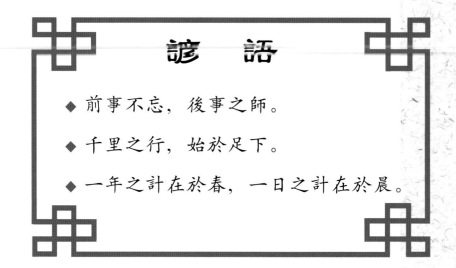

諺 語

◆ 前事不忘，後事之師。

◆ 千里之行，始於足下。

◆ 一年之計在於春，一日之計在於晨。

7 小組討論

五十年後人們的生活會發生什麼變化？

1. 家務由誰做？

2. 汽車是否還用汽油？

3. 人們是否還要出外上班？

4. 人是否還需要吃 "飯"？

5. 垃圾是否可以全部再利用？

6. 機器人是否可以代替人？

7. 學校是否還存在？

8. 將來的 "書" 會是什麼樣的？

閱讀(十二) 井底之蛙

有一隻青蛙，住在一口井裏，對自己的小天地滿意極了。有一天，青蛙沒事幹，覺得無聊。正在這時，一隻海龜來到井邊。青蛙見到海龜，興奮地説："海龜兄弟，你來得正好。請你來參觀一下我的住處吧。我這裏像天堂一樣。"海龜往井底一看，裏面黑黑的，只有淺淺的水。於是海龜對青蛙説："你聽説過大海嗎？"青蛙搖搖頭。

海龜又繼續説："我住在大海裏。大海無邊無際，比住在井裏快活多了。"青蛙聽了，睜大了眼睛，想像不出大海是什麼樣子。

生詞：

1 井 jǐng well
2 底 dǐ bottom; base
3 蛙 wā frog 青蛙 qīng wā frog
4 滿意 mǎn yì satisfied; pleased
   對……滿意 duì…… mǎn yì be satisfied with
5 無聊 wú liáo bored; dull
6 龜（龟）guī tortoise; turtle 海龜 hǎi guī sea turtle
7 奮（奋）fèn act vigorously 興奮 xīng fèn excited
8 住處 zhù chù residence

9 天堂 tiān táng heaven; paradise
10 淺（浅）qiǎn shallow; simple; (of colour) light
11 搖頭 yáo tóu shake one's head
12 繼（继）jì continue; succeed
13 續（续）xù continuous 繼續 jì xù continue
14 無邊無際 wú biān wú jì boundless; limitless
15 快活 kuài huo happy; cheerful
16 睜 zhēng open (the eyes)
17 想像 xiǎng xiàng imagination; imagine

97

附 錄

第一單元　中國概況

第一課　中國的地理環境

CD1 T2

如果你去上海，你可以坐飛機，坐船，也可以坐火車。上海的公共交通設施很好，有地鐵、公共汽車、小巴、出租車等。坐地鐵不算貴，又快又方便。坐公共汽車比坐地鐵便宜，但是上、下班時車上的人很多，有時候在路上會花很長時間。現在坐出租車上、下班的人越來越多了，特別是在下雨天。反而，現在騎自行車上、下班的人比以前少多了。總的來說，上海市內的公共交通設施比以前更完善了。

CD1 T3

中國的主要河流有長江、黃河和珠江。長江是中國最長的河流，也是世界上第三大河，全長有6,300多公里，流經中國中部的9個省，在上海流入東海。黃河是中國的第二大河，全長有5,464公里，流經中國北部的9個省，在山東流入黃海。珠江在中國的南部，全長有2,200多公里。

第二課　漢語

CD1 T6

	（一）		（二）
1.	官方　飯館	1.	酒店	6.	開始
2.	通用　頭痛	2.	顏色	7.	造紙
3.	將近　豆漿	3.	應該	8.	知道
4.	看懂　嚴重	4.	熊貓	9.	風箏
5.	由於　郵局	5.	參加		
6.	買賣　讀書				
7.	拼音　月餅				
8.	正確　角色				

CD1 T7

二十一世紀的世界變得越來越小了，多說一種或幾種外語會為一個人將來的工作、生活帶來無形的幫助。

英語在世界上是一種很通用的語言，但是現在學漢語和西班牙語的人數越來越多了。世界上使用漢語的國家和地區主要有中國、臺灣和新加坡。拉丁美洲地區主要使用西班牙語和葡萄牙語。奧地利、瑞士及東歐一些國家主要使用德語。很多非洲國家及加拿大等地使用法語。

第三課　中國飯菜

CD1 T10

(1) 中國人做餃子一般放白菜和豬肉。
(2) 三明治裏有奶酪、西紅柿、黃瓜和雞蛋。
(3) 春卷裏有豬肉、胡蘿蔔、粉絲等。
(4) 煮雞湯可以放鹹肉、火腿、雞和豆腐皮。
(5) 水果沙拉裏有梨、蘋果、草莓和葡萄。

CD1 T11

以下是做蛋炒飯的步驟：

第一步：先把米飯做好
第二步：準備好青豆、葱花
第三步：打兩隻雞蛋，放鹽
第四步：把鍋燒熱，加油
第五步：等油燒熱後，放入打好的雞蛋，炒幾下，然後雞蛋出鍋
第六步：再往鍋裏加油，油熱後放入葱花和青豆，炒幾下，放一點兒水，煮三分鐘
第七步：放入米飯和炒好的雞蛋，再炒幾下
第八步：把做好的蛋炒飯裝盤

第二單元　旅遊

第四課　香港、澳門遊

CD1 T14

張先生一家四口來到康城度假。入住酒店後，他們發現房間的冷氣機是壞的，熱水也沒有，而且隔壁很吵。張太太想打電話給服務臺，但電話打不通，她只好下樓到服務臺。服務臺的工作人員說，他們拿錯了鑰匙，會馬上給他們換一間房。

CD1 T15

(一) 各位旅客請注意：由香港飛往上海的 KA903 港龍航空公司的班機已經開始登機了。請各位旅客攜帶好自己的行李前往九號登機口登機。

(二) 飛機馬上就要起飛了。請各位旅客回到自己的

座位上，繫好安全帶。請把手提行李放在頭上方的行李箱內或座位底下。請各位關掉手提電話，停止使用各種電子物品。謝謝大家的合作!

第五課　暑假

(CD1)T18

（一）花園酒店招一個計時工，做大堂經理的助手，每天工作六小時，需懂漢語、英語和廣東話。有意者請打電話跟陳先生聯繫。電話號碼是 2599 6588。

（二）牙醫診所想請一位秘書。她的主要工作是接電話、整理病歷等。星期一到星期五，每天工作八小時。有意者請打電話給馬小姐。電話號碼是 2247 8600。

（三）如果你的母語是英語，那麼你可以來我校教小學生英語。有意者請打電話給田校長。電話號碼是 9473 2800。

（四）長樂公司想請一位半時秘書，星期一至星期五下午兩點到六點上班，主要工作包括打字、複印文件、收發信件等。如果你對這份工作感興趣，可以打電話給張先生。電話號碼是 2369 0812。

(CD1)T19

安心旅行社將組織爲期兩星期的"英、法遊學之旅"，其目的是在提高學生的英語水平的同時，他們還可以遊覽英、法名勝古迹。旅行團的領隊和導遊都會講英語和粵語。教英語的老師都有十年以上的教學經驗。學生每天上午上四節課，每周上20節課，下午和周末將遊覽英、法名勝，包括迪士尼樂園、白金漢宮等等。每班學生人數不超過15人。學生們會住在大學宿舍。"英、法遊學之旅"於7月15號和7月25號出發。團費20,000港幣。

第六課　世界名城

(CD1)T22

楊天行準備去英國自助旅遊。他打算先去倫敦。他會在那裏停留三天，參觀大英博物館、蠟像館等名勝。第四天他會乘火車去參觀世界聞名的牛津大學。第五天他會租車前往英國北部城市曼徹斯特。在那裏他會去中國城看望他多年不見的堂兄。

(CD1)T23

（一）孔亮亮的朋友介紹說，如果去紐約，你一定要去看自由女神像，還要去第五大街購物。

（二）高朋今年暑假想去倫敦旅行。他第一天會去塔橋和大笨鐘遊覽。

（三）黃巧英從小就非常想去法國的巴黎。她最想親眼看到艾菲爾鐵塔，也想到羅浮宮看看。

（四）江超是在英國長大的華人子弟。他今年夏天要跟一個旅行團去北京參觀頤和園、天壇等名勝古迹。

（五）張建國是日本通，說一口流利的日語。他明年會跟父母一起去日本的東京遊玩富士急遊樂場、迪士尼樂園等旅遊景點。

第三單元　家居生活

第七課　家譜

(CD2)T2

（一）

A: 我叔叔快要結婚了。

B: 什麼時候?

A: 下個月15號。

（二）

A: 外公病得很重。昨天進醫院開了刀。

B: 那我們趕快去醫院看看他吧。

（三）

A: 我姥姥畫水彩畫最出名。

B: 我姥爺畫國畫畫得很好，他每天在家畫畫兒。

（四）

A: 你外婆退休了嗎?

B: 退休了，但她還回去工作。她星期一、三、五幹半天。

（五）

五月六號是爺爺的八十歲生日。南京的姑姑和大連的叔叔到時都會來上海給爺爺祝壽。

（六）

A：堂姐考上了北京大學。

B：那她一定很高興吧！

CD2 T3

A：你有叔叔嗎？

B：有一個。

A：說一說你叔叔。

B：他是律師。他在律師行工作。

A：你叔叔結婚了嗎？

B：結婚了。我嬸嬸是老師，在一所法文學校教法語。

A：你有沒有姑姑？

B：有一個。她是商人，在一家進出口公司工作。她還沒有結婚呢。

A：你有舅舅嗎？

B：有。他是醫生，在廣州中山醫院工作。他還沒有結婚。

A：你有阿姨嗎？

B：有。她是經理，在一家酒店工作。

A：她結婚了嗎？

B：剛結婚。她丈夫是工程師，在一家汽車廠工作。

第八課　養寵物

CD2 T6

（一）這種動物是人類忠實的朋友。它們身上的毛可能是黑色的、白色的或棕色的。它們可以看家。如果看見生人，它們會叫。

（二）這種動物喜歡吃魚，會捉老鼠。它們白天喜歡睡覺，晚上出來。它們身上的毛可能是白色的、黑色的、米白色的或棕色的。

（三）這種動物有長長的耳朵、短短的尾巴，喜歡吃菜和胡蘿蔔。它們很安靜，不會叫。

（四）這種動物的動作像人。它們最喜歡吃香蕉。它們很活潑、好動，一刻也停不下來。

（五）它們有大耳朵、小眼睛，愛吃東西，吃了就睡。它們全身都是寶。

（六）這種動物很大，鼻子長長的，耳朵很大，牙又白又長。它們走起路來很慢，動作笨頭笨腦的。它們不是食肉動物。

CD2 T7

A：我覺得老人適合養寵物，因為他們平時沒有什麼事情可做，有很多時間。

B：我覺得小孩子適合養寵物，因為他們可以跟動物玩，會很開心。

A：養動物也挺麻煩的。你得有地方給它們住，還得花時間照顧它們。

B：是啊！如果你外出旅行，你還得找人照看它們。

第九課　我的奶奶

CD2 T10

（一）孫勝脾氣不好，常常跟人吵架。

（二）吳剛是個很誠實的孩子，而且樂於助人。

（三）楊天龍個性很強，很獨立，做事很有自信。

（四）李兵是個細心的孩子，做事很可靠。

（五）張秀英心地善良，做事很有耐心。

CD2 T11

（一）很外向，心直口快，很會說笑話。

（二）她比較內向，不愛說話，但很有耐心。

（三）他是個急性子，脾氣不太好，做事也馬虎。

（四）她很聰明、可愛，也很獨立、自信。

第四單元　社區

第十課　小鎮上的郵局

CD2 T14

A：你好！我想訂中文報紙。

B：你要訂簡體字版還是繁體字版？

A：我要訂簡體字版。

B：你想訂多長時間？

A：先訂半年。

B：你想從什麼時候開始訂？

A：從明年1月1號開始。

B：還要訂其他的讀物嗎？

A：你們有沒有少年讀物？

B：有很多。我先寄一份目錄給你看看，怎麼樣？

A：好吧！我先看一下目錄，然後再跟你聯繫。

B：那也好。再見！

A：再見！

A: 請問王紅在嗎?

B: 她不在。你找她有事兒嗎?

A: 有事兒,但不是急事兒。

B: 那麼你要留言嗎?

A: 好吧! 我姓黃,黃色的黃,叫林,雙木林。我的電話號碼是 2864 3721。請你轉告她,我已經回來了,讓她明天上午打個電話給我。

B: 好。再見!

A: 再見!

A: 我想訂電影票。

B: 請問,你想看什麼電影?

A: 我看《臥虎藏龍》。

B: 你看哪一場?

A: 下午兩點半的。

B: 你訂幾張?

A: 我訂三張。

B: 你的信用卡號碼是多少?

A: 請等一下,我去拿。信用卡的號碼是 9430 8240 1411 2433。

B: 你明天來售票處取票就可以了。請問貴姓?

A: 我姓張,叫張明。

B: 好了。再見!

A: 再見!

第十一課　華人社區中心

A: 倫敦華人社區在春節期間組織活動嗎?

B: 當然了,每年都有不同的節目。

A: 今年有哪些節目? 能不能給我們介紹一下?

B: 可以。今年大年初一有舞龍、舞獅、中國民族歌舞表演。

A: 在哪兒? 幾點開始?

B: 在唐人街,上午十一點開始。

A: 年初二有什麼活動?

B: 初二有民樂表演。地點在東倫敦華人社區中心,下午兩點開始。

A: 有沒有適合兒童和青少年的節目?

B: 有。初三有少林武術表演、書法比賽,還有兒童合唱表演。

A: 這些表演都在什麼地方舉行?

B: 在唐人街社區中心的小禮堂,上午十點半開始。

A: 謝謝你的介紹。

B: 不客氣,請到時來參加。

A: 我是剛到這裏的留學生。您能不能給我介紹一下這個圖書館?

B: 你好! 歡迎你來這裏。我可以先帶你參觀一下。這個圖書館藏有各種書籍: 有中文的,也有英文的。這是閱覽室,你在這裏可以看書、看報或上網。閱覽室裏有各種中、英文報刊、雜誌,還有字典、錄像帶、影碟等等。字典、報紙和雜誌都不能外借。

A: 那圖書我可以借回去看嗎?

B: 當然可以,你還可以借錄像帶和影碟。

A: 我一次可以借幾本書?

B: 最多五本。

A: 錄像帶和影碟呢?

B: 最多三盤。

A: 一次能借多久?

B: 書籍最多能借兩個星期,錄像帶和影碟一個星期。

A: 我怎麼借?

B: 你要先辦借書證。你下次來的時候帶上你的護照和一張照片。

A: 好。多謝!

第十二課　做義工

媽媽 你又在看電視了。你的功課還沒有做好呢!

兒子: 我今天功課不多,等一會兒做也來得及。我一定能在十點以前把功課做完。

媽媽: 你看看你的房間,有多髒,到處都是垃圾。你已經有兩個星期沒有打掃了! 你一點兒都不講衛生。

兒子：我今天忙完後，明天就收拾房間。我說到做到。

媽媽：你明天能不能幫我吸塵、除草？

兒子：可以，但是我明天下午有數學比賽，到家可能要七點半了，除草太晚了吧，不過我可以幫你吸塵。媽媽，你能不能給我一點兒零用錢？

媽媽：我上星期給你的兩百塊錢，哪兒去了？

兒子：我買了一本體育雜誌和一個電腦軟件，現在只剩下十幾塊錢了。

CD2 T24

A：你們學校有小賣部嗎？

B：有。有兩個。

A：你常去小賣部買東西吃嗎？

B：以前去得少，現在經常去。

A：你常去買些什麼？

B：我買午飯、小吃和飲料。

A：你每次買東西要排隊嗎？

B：要，大概要排十分鐘。

A：那裏的東西貴不貴？

B：還可以。

A：你每天要花多少零用錢？

B：差不多二十塊。

A：你覺得學校有小賣部有什麼好處？

B：我覺得好處是買東西比較方便。

A：那壞處呢？

B：我幾乎每天都要花錢買東西吃。